한눈에 보는 한국근대문학사

일러두기

1 단행본과 신문, 잡지는 모두 『 』로 표기했다.

2 단편소설과 중편소설은 「 」, 장편소설은 『 』로 표기했다.

3 개별 시 작품은 「 」, 시집은 『 』로 표기했다.

4 작품이나 단행본의 책 제목은 모두 현대 표기법으로 고쳐 표기했다.

    예)『경부텰도노래』→『경부철도노래』

5 단, 서지사항에는 출판 당시 표기된 제목 그대로 표기했다.

    예)『조선의 얼굴』→『朝鮮의얼골』

6 노래와 영화 등은 〈 〉로 표기했다.

7 본문에 등장하는 모든 문인은 부록에서 가나다순으로 간단한 약력을
    소개했으며, 한자 이름과 생몰 연도를 병기했다.

8 이 책에 나오는 주요 간행물에 대해서는 부록에서 별도로 소개했다.

9 특별한 표기가 없는 한 모두 한국근대문학관 소장본이다. 단 문학관 소장본 상태가
    좋지 않은 책은 외부의 도움을 받았다. 이는 '이미지 제공' 면에서 내역을 밝혀 놓았다.

한눈에 보는 한국근대문학사

글·사진 인천문화재단 한국근대문학관

북멘토

이 책이 나오기까지

인천문화재단이 운영하는 한국근대문학관에서는 2014년 『단숨에 읽는 한국근대문학사』를 기획하여 출간한 적이 있다. 한국근대문학관의 상설전시 원고에 내용을 덧붙여 만든 책인데 작가 소개와 작품 해제, 문학사 연표까지 부록으로 달아 놓아 독자들이 책 한 권으로 한국 근대문학사의 전모를 알 수 있게 했다. 다행히 꾸준하게 팔리는 책으로 자리가 잡혔다고 한다.

이번에 출간하는 『한눈에 보는 한국근대문학사』는 『단숨에 읽는 한국근대문학사』의 후속편 격인 책이라고 할 수 있다. 우리는 지금까지 김소월의 「진달래꽃」이나 윤동주의 「서시」, 한용운의 「님의 침묵」, 김유정의 「동백꽃」, 이상의 「날개」 같은 문학작품을 다양한 방식으로 만날 수 있었다. 이 작품들은 한국 근대문학의 명작이라고 할 수 있는 작품들이어서 마치 오늘날 한강의 『채식주의자』나 박완서의 『그 많던 싱아는 누가 다 먹었을까』처럼 당대에 시집이나 소설책으로 출간되어 독자들로부터 큰 사랑을 얻었던 책들이기도 하다. 하지만 이 작품들을 출간 당시의 실물 책으로 본 사람들은 많지 않을 것이다. 요컨대 한용운의 「님의 침묵」이라는 시는 알아도 그 시가 실린 『님의 침묵』이라는 시집을 직접 눈으로 본 사람들은 거의 없는 것이다.

이 책은 바로 그런 점에 주목했다. 한국 근대문학사를 대표하는 단행본 100권을 선정하여 실물 책의 모습을 보여 줌으로써 그 책들이 처음으로 독자를 만났던 당시의 모습을 확인할 수 있다. 표지와 차례, 판권면 등을 실어 당시 책의 모습을 독자들이 그대로 볼 수 있도록 했고, 해당 책의 해제를 붙여 놓아 작품에 대한 이해를 높였다. 1908년에 출간된 이인직의 소설 『혈의 누』부터 1948년에 출간된 윤동주의 유고시집 『하늘과 바람과 별과 시』까지, 한국 근대문학의 흐름을 따라 독자들이 당시 출판물과 생생하게 만날 수 있도록 하는 것이 이 책의 의도이다.

다만 이 책에 실린 100권은 한국의 근대문학을 대표하는 작품성을 고려해 선정했지만, 당대의 분위기를 보여 주려는 취지에서 선정한 것도 있다. 다시 말해, 선정된 100권의 책을 한국 근대문학의 '명작' 100권으로 이해할 필요는 없다는 뜻이다. 아울러 1948년까지 출간된 책에 한정하여 100권을 선정했다는 점도 밝혀 둔다. 남과 북 양쪽에서 독립된 정부가 탄생되며 한반도가 공식적으로 분단되었던 시기를 근대문학의 대략적인 시간적 경계로 삼았다. 그러다 보니 신문이나 잡지에 연재되고 문학사에서도 높은 평가를 받았지만 단행본으로 출간된 때가 1948년 이후인 책은 아쉽게도 선정 대상에서 제외했다. 강경애의 『인간문제』 같은 작품이 대표적 사례이다.

또한 이 책에서는 문학사의 시대별로 장르를 감안하여 배열했는데, 출간 시기를 기계적으로 적용하기보다는 해당 작품이 실질적인 의미를 가졌던 시대를 고려하여 배치했다. 예컨대 『이상 선집李箱選集』이 출간된 시기는 해방 이후이지만, 이상의 작품이 문학사적 의미를 가졌던 시기를 고려하여 해방 이전 시기로 조정했다. 몇몇 책들이 시대 구분과 출간 시기가 일치하지 않은 데에는 그러한 까닭이 있다.

『한눈에 보는 한국근대문학사』 100권의 책 선정에 도움을 주신 서울대학교 김종욱(소설), 연세대학교 김현주(수필), 이화여자대학교 김진희(시) 세 분 교수님께 감사드린다. 아울러 전국국어교사모임을 대표하여 교사로서 참여해 주신 구본희 선생님께도 감사드린다.

여기에 소개된 대부분의 책들은 인천문화재단 한국근대문학관이 소장하고 있는 것이나 일부는 다른 소장처와 소장가들이 도움을 주셨다. 도움을 주신 화봉문고의 여승구 회장님, 윤길수 선생님, 오영식 선생님, 엄동섭 선생님, 한국현대문학관의 서영란 학예사님, 아단문고의 박천홍 학예실장님과 국립중앙도서관 관계자께 감사드린다.

책의 기획이나 구성과 관련하여 함태영 학예사의 존재는 언제나 그랬듯이 빛을 발했다. 함태영 선생이 없었다면 애초에 이런 책을 내겠다는 엄두조차 못 내었을 것이다. 아산프론티어 인턴인 김지원 양도 궂은일을 마다하지 않았다. 시집과 소설집 해제 원고 작성에 참여한 이경림, 최서윤 두 연구자에게도 감사드린다. 1921년 『동아일보』에 실린 장도빈의 검열 관련 기사와 김동인의 판권 관련 기사 등 근대문학의 출판 환경과 관련하여 쏠쏠한 읽을거리를 찾아 정리해 준 서울대학교 대학원 이가은 양의 도움도 컸다.

어느 날 갑자기 책을 만들어 달라는 요구에 흔쾌하게 답해 주신 도서출판 북멘토의 김태완 사장님과 변은숙 편집자님, 책 꾸밈을 맡아 주신 행복한 물고기의 한옥현 실장님께도 감사드린다. 빠듯한 일정임에도 한국근대문학관의 요구에 성실하게 응해 주셔서 이렇게 어여쁜 한 권의 책이 세상에 나오게 되었다.

2018년 12월
인천문화재단 한국근대문학관
관장 이현식

차례

1925~1935
리얼리즘과 모더니즘으로

1935~1945
**엄혹한 시절에
문학의 꽃을 피우다**

해방기
**새로운 민족문학을
향하여**

1894~1910

신
문
학
의

씨
앗
을

뿌
리
다

····· 19세기 말 조선왕조의 몰락과 함께 우리는 새로운 근대국가 건설의 기회를 맞게 되었다. 근대계몽기라고 불리는 이 시기의 중요한 과제는 문명개화와 자주독립이었다. 민중이 주도한 아래로부터의 개혁 운동인 갑오농민전쟁과 지배 계층이 주도한 위로부터의 개혁이라고 할 수 있는 갑오경장이 1894년에 동시에 일어났다는 것은 이를 상징적으로 보여 준다. 급변하는 국내외 현실 속에서 당시 선각자들은 시대적 과제에 대응하면서 민족문화의 전통을 계승하고 근대에 어울리는 새로운 문화를 창조하고자 했다. 한국의 근대문학은 이러한 시대 상황을 반영하면서 그 첫걸음을 내디뎠다.

우리 근대문학은 문명개화와 자주독립이라는 시대적 과제 수행을 목표로 하면서 등장했다. 하지만 이 시기에 전통 양식과 완전히 다른 새로운 모습의 문학이 갑자기 출현한 것은 아니었다. 익숙한 과거의 형식 속에 당시 현실을 반영한 새로운 내용을 담았던 것이 우리 근대문학의 출발이었다.

시대적 과제 수행을 위해서는 사람들에게 익숙한 전통적 문학 형식을 활용하는 것이 효과적이었기 때문이다. 따라서 근대계몽기의 문학은 계몽적 특성과 과도기적인 특성을 동시에 지니고 있다. 또한 근대계몽기 문학이 과도기적 모습을 보여 주었던 만큼 오늘날 우리가 알고 있는 '문학' 개념, 즉 근대적 '문학' 개념도 미완성 상태였다는 것을 알아 둘 필요가 있다. 이때 함께 전개된 국어국문 운동과 한문이 아닌 국문을 중심으로 한 새로운 글쓰기 방식의 정착, 다양한 신문의 창간 및 새로운 인쇄 출판 기술의 등장은 근대문학의 출발에 밑받침이 되었다.

전통 가사체를 이어받아 자주독립을 노래한 계몽가사, 문명개화를 노래한 창가, 근대시 형식을 실험한 신체시, 자주독립을 강조했으나 주로 국한문체로 발표된 역사 전기소설, 근대소설 양식을 실험하며 문명개화를 역설한 신소설 등이 이 시기를 대표하는 문학 유산이다.

혈의 누

이인직

이인직이 1906년 7월부터 10월까지, 천도교 교주 손병희가 창간한 일간신문 『만세보』에 연재했던 소설 『혈의 누』의 단행본이다. 강대국의 전쟁터로 전락한 대한제국의 풍전등화 같은 운명을 배경으로, 청일전쟁 중에 부모를 잃은 소녀 옥련이 일본과 미국에서 유학하며 겪는 우여곡절을 줄거리로 한다. 이인직은 이 소설에서 대한제국이 우매한 탓에 국가적 위기가 초래되었다고 암시하고, 일본군의 도움을 받아 유학길에 오르는 옥련을 통해 계몽의 중요성을 강조했다. 그런 까닭에 이 소설의 친일성을 비판하는 목소리도 높다.

최초의 신소설 『혈의 누』는 한국 근현대문학사를 여는 가장 중요한 작품 중 하나이다. 또한 한국 근현대문학사상 신문 연재소설을 단행본으로 발간한 최초의 사례이기도 하다. 신문 연재소설을 단행본으로 발간하면서 수정이 가해져 신문 연재 47회분에 해당하는 내용이 통째로 누락되기도 했다. 1906년에 초판본이 발행되었다는 기록이 있으나 아직까지 발견되지 않았다. 현존하는 가장 오래된 『혈의 누』 단행본은 1908년에 출판된 재판본이다.

혈의루 이인직, 광학서포, 1908(재판). 화봉문고 소장.

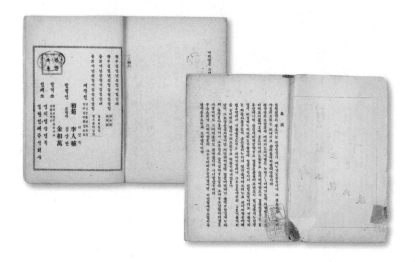

금수회의록

안국선

1908년 황성서적업조합에서 발간한 안국선의 작품이다.『금수회의록』이
라는 제목처럼 이 작품에는 까마귀, 여우, 개구리, 파리, 원앙 등 다양한
동물들이 등장해 인간 세상을 신랄하게 성토하는 회의를 연다. 인간의
표리부동, 부도덕, 흉포, 문란 등에 대해 비판하는 동물들의 성토를 듣다
보면 독자는 어느새 '금수보다 못한' 자신을 돌이켜 보게 된다. '인간보
다 나은' 동물들이 하나같이 말쑥하게 차려입은 표지 그림이 눈에 띈다.
유일하게 참가한 인간이 금발에 콧수염을 기른 백인 남성으로 그려진
점도 이채롭다.

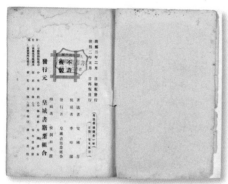

『금수회의록』은 일본 작가 사토 구라타로의 정치소설『금수회의 인류공
격』을 부분적으로 번안한 작품으로 밝혀졌으나 당시 대한제국 사회의
여러 문제를 직격한 정치 풍자 작품이라는 데에는 변함이 없다. 실제로
『금수회의록』은 강한 정치성 때문에 출판 직후인 1909년 출판법에 의해
최초로 금서로 지정되었다.

금수회의록 안국선, 황성서적업조합, 1908(새판).

1 | 2 3
1앞표지 **2**판권 **3**본문

소설

자유종

이해조

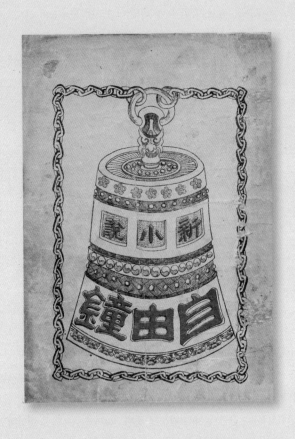

개화기의 소설가 이해조의 대표작으로 '토론 소설'이라는 표제답게 등장인물 간의 대화로 이루어진 특이한 작품이다. 안국선의 『금수회의록』에서는 동물들이 모여 인간 세상을 비판했다면, 『자유종』에서는 여성들이 모여 대한제국의 현안에 관해 서로 생각을 나눈다. 생일잔치에 한데 모인 네 명의 부인들은 여성의 권리 신장, 자녀 교육, 자주독립, 미신 타파, 한문 폐지, 신교육의 필요성 등을 논하며 뜨겁게 토론한다. 당시 사회적 약자였던 여성이 자신의 이름을 가지고 사회적 문제에 대해 논한다는 설정이 파격적이다.

책의 분량은 40쪽 정도로 다소 적은 편이지만, 이인직과 함께 신소설을 대표하는 작가인 이해조의 사상이 뚜렷하게 드러난 작품으로 그 가치는 크다. 처음부터 단행본으로 나왔다는 점도 특이하다. 공교롭게도 이 책은 1910년 8월 일본이 대한제국을 강제 병합하기 한 달 앞서 발간되었다. 결국 1913년에는 금서禁書가 되었다는 사실을 알고 나면, 태극 무늬와 자두꽃으로 장식된 표지의 '자유의 종'이 애처롭다.

自由鐘　이해조, 광학서포, 1910, 아단문고 소장.

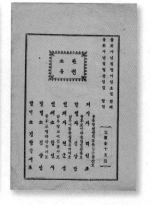

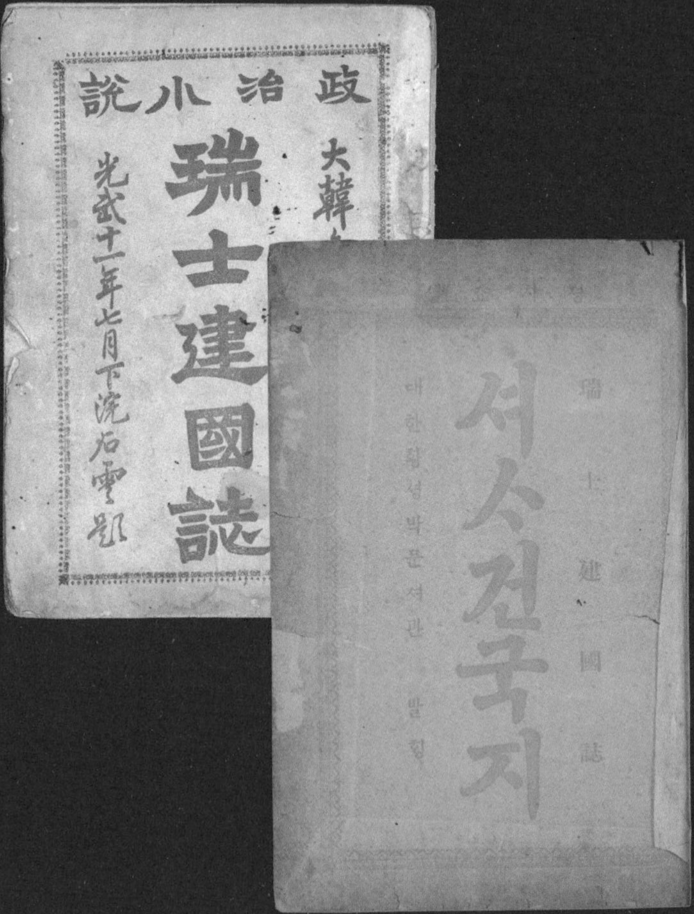
政治小說
大韓
瑞士建國誌
光武十一年七月下浣右雲題
서사건국지
瑞士建國誌
대한황성박문서관 발힝

1 2

1 국한문본 앞표지 **2** 한글본 앞표지

애국계몽기의 지식인 박은식이 번역한 전기傳記문학 작품이다. 이
작품은 1907년 『대한매일신보』에 먼저 연재된 후, '정치소설'이라
는 표제 아래 대한매일신보사에서 단행본으로 발간되었다.
『서사건국지』는 중세 시대 오스트리아의 압제에 맞서 일어난 스위
스의 영웅 빌헬름 텔의 이야기를 다루고 있다. 제목의 '서사'는 '스위
스'를 음차한 이름이다. 오스트리아의 압제로 고통받던 백성들이 영
웅 빌헬름 텔의 활약에 힘입어 독립을 쟁취한다는 줄거리는 당시 대
한제국의 독자들에게 시사하는 바가 컸다. 이처럼 독립의식을 고취
하는 내용 때문에 『서사건국지』는 일제강점기 금서 목록에 올랐다.
이 책의 원작은 독일 작가 프리드리히 실러의 유명한 희곡 『빌헬름
텔』이며 박은식이 번역에 사용한 저본底本은 중국 작가 정철관이
1902년 중국어로 개작해 펴낸 『서사건국지瑞士建國誌』이다. 박은식이
원문인 한문에 토를 다는 정도로만 번역했기 때문에 오늘날 독자
들이 읽기는 쉽지 않다.

瑞士建國誌(국한문본) 정철관 지음 · 박은식 번역, 대한매일신보사, 1907.
셔ᄉ건국지(한글본) 정철관 지음 · 김병현 번역, 박문서관, 1907, 개인 소장.

박은식 번역 국한문본

박은식은 서문에 애국 사상을 분발하기 위해
정치소설을 번역한다는 말을 써 놓아, 당시 개화
사상가가 가진 정치소설의 의의를 피력했다.

김병현 번역 한글본

1907년 『대한매일신보』에 10회에 걸쳐 연재된
『서사건국지』는 같은 해 7월 박은식의 번역으
로 국한문본이 간행되었고, 같은 해 11월에는
김병현의 번역으로 한글본이 출간되었다.

「서사건국지」 신문 광고

"이 책은 정치소설이니 지사의 구국구민救國救民하는 사상과 인민의 애국심을 양성하는 데 긴요한 책자입니다."라는 광고 문구와 함께 "신화新貨 십오 전"이라는 정가와 전국의 발매소를 표기해 두었다.

「황성신문」

1898년 9월 5일 남궁 억이 창간한 신문으로 박은식은 이 신문의 주필로 활약했다. 장지연의 「시일야방성대곡」을 실은 것으로 유명하며 한일병합조약(1910) 전까지 「제국신문」과 함께 민족의식 고취와 문명개화의 선구자로서 지대한 공헌을 한 민족지로 평가받는다.

을지문덕

신채호

대표적인 애국사상가이자 민족운동가인 신
채호가 1908년 광학서포에서 발간한 소설
이다. 신채호가 이 소설을 쓴 1900년대 후
반에는 외세에 대한 경각심, 국가 주권을
사수해야 한다는 의식이 매우 고조되었다.
그리고 이러한 시대적 분위기에 따라 문학
계에서는 외세에 맞서 싸운 영웅들의 이야
기가 크게 유행했다. 프랑스의 잔 다르크,
이탈리아의 가리발디 등 외국 영웅의 이야
기가 인기를 얻는 가운데, 신채호는 우리 역
사에서 귀감이 될 영웅을 찾아내려 했다.
그 결과 살수대첩에서 수나라의 대군을 격
파한 고구려의 장군 을지문덕이 등장한 것
이다. 민족의식을 고취하는 내용 때문에 일
제강점기에는 금서로 지정되었다.

『을지문덕』은 엄밀하게 말하면 소설이라 보
기 어렵다. 작가가 허구를 배제하고 여러 문
헌을 참고해 을지문덕의 생애를 최대한 사
실적으로 재구성했기 때문이다. 역사서에
어울리는 문체에 책의 구성도 분석적이다.

乙支文德 신채호, 광학서포, 1908.

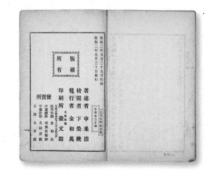

창가

손봉호 필사

1910년에 만들어진 필사본 창가집이다. 질감이 두드러지는 한지 묶음 32쪽에 걸쳐 필사되었다. 표지에 "융희 4년 7월 15일 손봉호"라고 적혀 있으나 필사자 손봉호에 대해서는 알려진 바가 없다. 1장 「정신가」에서부터 14장 「건원절(순종 탄신일)」까지 모두 14편의 창가가 수록되어 있다. 창가는 3음보 율격으로 된 노래인데, 서양 행진곡과 찬송가, 일본 창가 등의 영향을 받았다. '창가'라는 명칭은 일본에서 유래했다. 근대계몽기 창가는 문명 개화와 자주적 독립 국가 수립의 필요성, 그리고 당시의 세태 비판 등을 주 내용으로 담고 있다.

『창가』에 실린 14편의 작품들은 모두 애국 창가로, 초창기 애국 창가의 모습을 살펴볼 수 있다. 무엇보다 가사 전편을 수록하고 있다는 점이 미덕이다. 일본의 탄압과 통제가 심하던 상황에서 애국심을 고취하는 노래들을 수집해서 기록했다는 점에서 뜻깊은 책이다.

唱歌 손봉호 필사, 1910.

현대조선시인선집

최남선 외

임화가 편집한 『현대조선시인선집』은 1939년 1월 학예사에서 초판 발행되었다. 시인 1명의 대표작 1편을 싣는 것을 원칙으로, 시인 72명의 시 72편이 실렸다. 최남선의 「해에게서 소년에게」부터 양주동의 「해곡 3장」까지 신시 18편, 그리고 박세영의 「산제비」부터 김종한의 「낡은 우물 잇는 풍경」까지 현대시 54편이 수록되었다. 『현대조선시인선집』은 최남선을 비롯해 1930년대 시인들을 모두 망라하고 있어 한국 근대시사를 전체적으로 살펴보는 데 아주 유용하다.

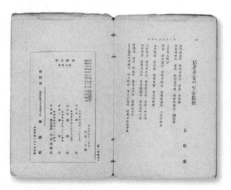 

임화가 선집의 첫 번째 작품으로 선정한 「해에게서 소년에게」는 최남선이 지은 신체시新體詩이다. 전체 6연으로 구성되었고, 각 연은 7행으로 이루어져 있다. 바다는 근대 문물과 정서를 지향하는 계몽의 표징으로 형상화되었다. 화자인 바다는 소년들에게 부정적인 현실을 극복하고 새로운 미래로 나아가기를 촉구한다. 서구 및 일본의 선진 문화를 수용해 힘있고 활기찬 새 사회를 건설하고자 하는 열망을 담은 작품이다.

現代朝鮮詩人選集 최남선 외, 학예사, 1939(3판).

경부철도노래

최남선

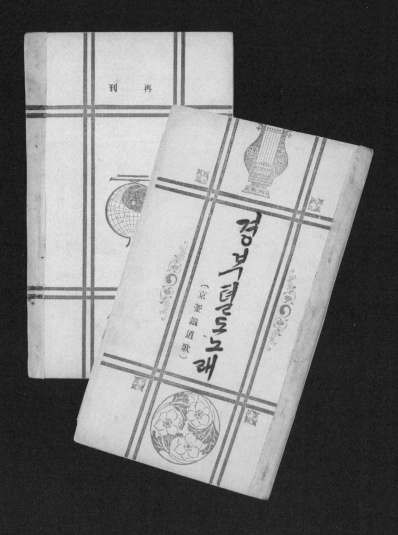

최남선은 번역가, 편집자로 활약하며 서구 문학작품과 근대 지식을 번역해 소개했고, 계몽 가사·신체시·시조 등을 다수 창작했다. 식민지 조선에 계몽사상을 보급하고 조선 문화의 우수성을 전파하기 위해 평생 힘썼으며 이광수와 함께 '2인 문단 시대'의 주역으로 활약했다. 또한 출판사 신문관을 설립해 출판 사업에 종사하며 한국 최초의 종합잡지 『소년』과 『청춘』을 발간했다.

『경부철도노래』는 최남선이 지은 장편 기행체의 창가로, 1908년 신문관에서 단행본으로 발행되었다. 국민의 지리 교육을 위해 출간된 일본의 『철도 창가』를 모방해 지은 것으로 알려져 있다. 7·5조로 된 정형시이며, 모두 268행으로 되어 있다. 경부선의 출발역인 남대문 정거장에서 종착역인 부산역까지, 여러 역을 차례로 열거하며 풍물, 인정, 사실 들을 서술했다. 근대 문물을 적극적으로 수용해 조선의 근대화를 달성하고자 했던 최남선의 기획력이 발휘된 시집이다.

경부텰도노래 최남선, 신문관, 1908(재판).

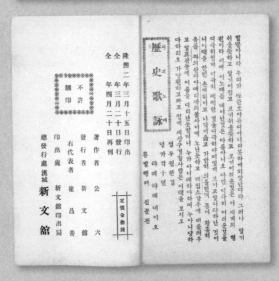

노래는 4행을 한 절로 하며 그 머리에 한자로 숫자를 매겨 놓았다. 총 67절로 되어 있으며 모두 268행이다. 『경부철도노래』는 초기 창가에 견주어 무려 10배에 달하는 장편이다.

1 경부철도의 종착역 부산역

경부선의 종착역은 부산역이다. 경부선이 개통되자 같은 해 9월에는 부산과 일본의 시모노세키를 연결하는 관부연락선이 개시되었다.

2 경부선의 시발역 남대문역

경부선의 시발역은 남대문 정거장(지금의 서울역)이다. 염천교 아래 논 한가운데 자리했던 남대문 정거장은 1925년 경성역의 완공으로 역사에서 사라지게 되었다.

1910~1919

근대문학이 출발하다

····· 1910년 8월, 우리나라는 일제 식민지로 전락해 가혹한 무단통치의 시기를 맞는다. 자주독립 국가 건설과 부국강병, 그리고 문명개화를 외쳤던 창가와 신체시, 역사 전기물 등은 일제의 가혹한 검열과 규제의 대상이 되어 더는 그 모습을 찾아볼 수 없게 되었다. 이로 인해 1910년대 문학에서는 정치·사회적 문제가 배제되고, 신교육과 자유연애, 풍속 개량 등에 관한 계몽적 내용의 작품들이 주를 이룬다. 또한 식민지로 전락한 현실 속에서 무기력한 지식인의 우울과 고뇌를 사실적으로 묘사한 단편소설들도 발표된다. 시 장르에서는 이전 시기의 과도기적인 모습에서 벗어나 근대적 개인의 내면과 정서를 노래하는 자유시가 본격적으로 창작되기 시작했다. 근대적 신교육 및 문학 교육을 받은 근대적 '작가'와 '문학' 개념이 나타나 정착되기 시작한 것도 이 시기였다. 한편에서는 이수일과 심순애의 사랑 이야기를 그린 『장한몽』(1913)과 몽테크리스토 백작의 모험과 복수를 그린 『해왕성』(1916) 같은 번안 대중소설도 큰 인기를 얻었다. 1910년대를 대표하는 최초의 근대 창작 장편소설인 이광수의 『무정』

(1917)은 신교육과 자유연애 등 근대 문명과 이를 동경하는 젊은이들의 꿈을 형상화했다. 문체나 문장, 인물, 사건 등의 묘사가 이전 시기의 작품과 확연히 달라 최초의 본격 근대소설로 평가받는다. 시 장르에서는 이전 시기의 정형률의 속박에서 벗어났으며 정치적 내용 대신 개인의 내면과 서정을 자유롭게 노래한 자유시가 등장했다. 김억의 「봄은 간다」(1918)와 주요한의 「불놀이」(1919)는 이러한 자유시의 형식적·내용적 특성을 잘 보여주는 작품들이다.

1910년대는 신문과 잡지에 대한 매우 가혹한 탄압이 있던 시기였던 만큼, 작가들이 작품을 발표할 수 있는 조건도 매우 열악했다. 그런데도 장편소설들은 대개 신문에 연재, 발표되었고 단편소설은 주로 잡지를 통해 발표되었다. 이 시기에 문학작품을 게재한 매체는 주로 장편소설과 번안소설을 게재한 『매일신보每日申報』, 단편소설과 서구 문학을 수록한 『청춘靑春』, 도쿄 유학생들이 발간한 『학지광學之光』, 서양의 시문학과 문예이론을 집중적으로 소개한 『태서문예신보泰西文藝新報』 등이 대표적이다.

소설

장한몽

조중환

소설가이자 희곡 작가인 일재 조중환이 1913년 『매일신보』에 연재한 장편소설의 단행본이다. 『장한몽』은 일본 소설 『금색야차金色夜叉』를 번안한 소설인데, 이 『금색야차』 역시 영국 대중소설인 『여자보다 약한Weaker than a Woman』을 번안한 작품으로 알려져 있다. 『장한몽』은 그때까지 보기 드물었던 장편 분량이어서 단행본을 상·중·하로 분권해 발간했다. 연재 당시부터 큰 인기를 누려 연극, 영화, 노래 등 다양한 장르로 재구성되며 오래도록 대중의 사랑을 받았다.

『장한몽』은 '이수일과 심순애' 이야기로 더 많이 알려져 있다. 서로 사랑하던 이수일과 심순애 앞에 은행가 김중배가 등장해 심순애를 유혹한다. 돈에 흔들린 심순애는 이수일을 버리고 김중배와 결혼을 선택한다. 이수일은 절망해 고리대금업자의 비서로 전락하고, 심순애는 이수일을 잊지 못한 채 불행한 결혼생활을 하다 끝내는 미치고 만다. 이를 보고 비로소 마음을 돌이킨 이수일이 심순애를 받아주면서 소설은 해피엔딩으로 마무리된다.

長장 恨한 夢몽 卷一　조중환, 회동서관, 1919(재판).
長장 恨한 夢몽 中編　조중환, 유일서관, 1919(3판).
長장 恨한 夢몽 下編　조중환, 유일서관, 1921(4판).

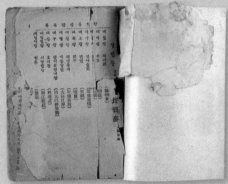

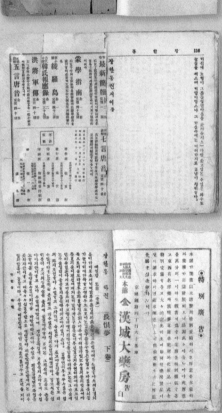

『장한몽』의 삽화들

신문 연재 당시에는 매일신보사
전속 화가인 쓰루타 고로가 그린
삽화가 거의 매회 삽입되었는데
단행본에는 실리지 않았다.

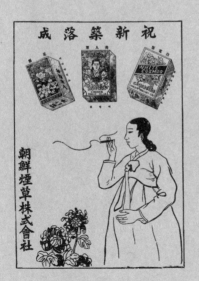

조선연초주식회사 광고

1914년의 『매일신보』에 게재된 조선연
초주식회사 광고를 시작으로 담배 피
는 여성의 도상이 광고에 자주 등장하
게 되었는데 『장한몽』에 실린 삽화가
시초였다고 볼 수 있다.

소설·희곡·평론

춘원단편소설집

이광수

「가실」, 「혼인」, 「방황」 등 단편소설 7편과
희곡 「순교자」, 평론 「예술과 인생」을 수록
한 이광수의 작품집이다. 이광수는 1892년
에 태어나 1950년에 별세하기까지, 조선의
식민지 전락과 해방, 전쟁으로 이어지는 가
팔랐던 시대를 가장 앞에서 살았다. 이광수
가 장편소설 『무정』을 통해 한국 근대소설
의 기틀을 다진 작가라는 데에는 이견이
없으나 대일 협력 문학을 남기는 등, 복잡
하고 모순된 그의 개인사에 대한 평가는
지금도 엇갈린다.

이 책에 수록된 「소년의 비애」는 당시 만
25세이던 청년 이광수가 일본에서 유학하
던 1917년에 발표한 작품이다. 주인공 문호
는 연모하던 사촌 누이 난수의 혼처가 정
해지자 난수에게 도망가자고 청하지만 난
수는 이를 거절한다. 이후 유학에서 돌아
온 문호는 이미 결혼해 자녀를 둔 자신을
돌아보며 과거를 그리워한다. 권선징악 같
은 주제 대신 인간의 내면을 다루었다는
점에서 이 소설의 근대성이 드러난다.

春園短篇小說集 이광수, 흥문당서점, 1930(4판).

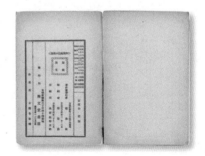

생명의 과실

김명순

1920년대를 대표하는 시인이자 소설가인 김명순의 소설, 시, 수필
을 모은 작품집이다. 근대문학사상 최초로 여성 문인이 출판한 개
인 작품집이라는 점에서 주목받는 책이다. 작가는 평양에서 태어나
서울과 도쿄에서 공부하며 봉건적 가부장제에 대한 비판 의식이 싹
텄고 여성 해방을 위한 예술을 고민하게 되었다. 그 결과가 『생명의
과실』에 실린 등단작 「의심의 소녀」라는 작품이다. 작가는 1917년
발표한 이 소설에서 방탕한 남편 때문에 고통스러운 결혼 생활을
하다 자살한 여성과 그의 아름다운 딸의 삶을 그려 보였다.

김명순은 1917년 잡지 『청춘』으로 등단한 이래 시, 소설 등 장르를
불문하고 왕성하게 창작 활동을 했다. 최초의 문학 동인지 『창조』
에서 활동한 유일한 여성 동인이기도 하다. 또한 『매일신보』 기자로
활동하는 등, 김명순은 전 생애를 통해 여성의 사회적 입지를 넓히
면서 치열하게 살아갔다. 하지만 늘 여성주의적 시각을 견지했던
탓에 당시 남성 위주의 문단에서는 배제되는 처지였다. 『생명의 과
실』에 실린 작품들은 주로 1920년대 초반에 발표한 것들로, 오늘날
의 시점에서 재해석될 수 있는 여성주의 작품들이 많다.

生命의果實 김명순, 한성도서주식회사, 1925, 아단문고·오영식 소장.

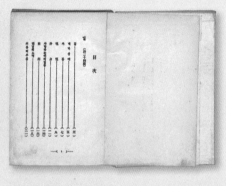

무정

이광수

이광수가 1917년『매일신보』에 총 126회에 걸쳐 연재한 장편소설의 단행본이다. 이광수의 대표작이자 연구자들이 한국 최초의 근대 장편소설로 꼽는 작품으로 문학사적 가치가 크다.『무정』은 형식과 선형, 영채의 삼각관계를 따라가며 진행되는데 단순한 연애소설은 아니다. 작가는 이 작품에 경성학교의 영어 교사, 교회 장로의 딸, 양반가 출신의 기생, 신문기자 등 1910년대 한국 사회의 다양한 면면을 대표하는 인물들을 등장시켜 민족 계몽, 근대 교육, 구체제 타파 등 사회 문제 전반을 폭넓게 다루었다.

『무정』은 연재 당시부터 독자들의 뜨거운 사랑을 받았다. 연재 이듬해인 1918년에는 당대 최고의 출판사 중 하나인 신문관에서 초판을 1,000부 발행했다. 이후 식민지 시기 동안 8판이나 찍으며 명실공히 베스트셀러 반열에 올랐다. 그러나 당시의 인기에도 불구하고 현전하는『무정』단행본은 아주 드문 형편이다. 특히 표지와 판권지 등이 전부 보전된 단행본이 없어 안타까웠는데, 2017년 고려대학교 도서관이 온전한 형태의 초판본을 공개해 큰 화제를 모았다. 이 초판본은 한 고려대학교 졸업생이 모교에 기증한 책이라 한다.

無情 이광수, 흥문당서점, 1925(6판).
無情 이광수, 박문서관, 1934(7판).
無情 이광수, 박문서관, 1938(8판), 개인 소장.

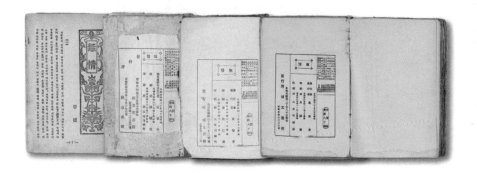

1 앞표지(6판) **2** 앞표지(7판) **3** 앞표지(8판)
4 본문 **5** 판권(6판) **6** 판권(7판) **7** 판권(8판)

오뇌의 무도

김억 번역

『오뇌의 무도』는 김억의 첫 번째 번역 시집이다. 1918년부터 1920까지 『태서문예신보』, 『창조』, 『폐허』 등의 동인지에 발표했던 번역시들을 한데 모았다. 김억은 영어, 일본어, 한문에 모두 능숙했고, 에스페란토어에도 정통했다. 뛰어난 언어 능력을 갖춘 덕분에 김억은 한국 최초의 근대 번역 시집인 『오뇌의 무도』를 출간할 수 있었다. 베를렌의 「가을의 노래」 등 21편, 구르몽의 「가을의 따님」 등 10편, 사맹의 「반주伴奏」 등 8편, 보들레르의 「죽음의 즐거움」 등 7편, 예이츠의 「꿈」 등 6편, 기타 시인의 작품으로 '오뇌의 무도곡' 속에 23편, '소곡小曲'에 10편 등 모두 85편의 작품이 수록되어 있다.

『오뇌의 무도』는 당대 문학청년들에게 경전과도 같은 책이었다. 이광수가 "『오뇌의 무도』가 발행된 뒤로 새로 나오는 청년의 시풍은 '오뇌의 무도화'했다 하리만큼 변했다"라고 언급할 정도로 파급력은 폭발적이었다. 조선 시단에 서구 근대시를 소개해 한국 자유시의 발달에 크게 기여한 시집이다.

懊惱의舞蹈 김억 번역, 조선도서주식회사, 1923(재판).

아름다운 새벽

주요한

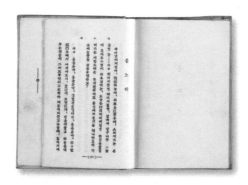

주요한은 시인이자 언론인, 정치인, 경제인으로도 활발히 활동했다. 선교 목사인 아버지를 따라 일본으로 유학을 갔다가 시에 눈을 뜨게 된 주요한은 수재로도 유명했으며 일본 시단에 먼저 데뷔해 시인으로서 상당히 인정받았다.

『아름다운 새벽』은 주요한의 첫 시집이다. 1924년 조선문단사에서 초판 발행되었고 1926년 10월에 4판을 찍어 1920년대 시집 중 발행 판수가 가장 많은 시집으로 꼽힌다. 『아름다운 새벽』에는 1918년부터 시집 발간 이전까지 창작된 시 60여 편을 7부로 나누어 수록했다. 대표작 「불놀이」는 한국 최초의 산문시이다. 초파일 대동강에서 벌어지는 떠들썩한 불놀이를 배경으로 연인을 잃은 고독한 청년의 슬픔과 미래에 대한 기대가 혼재되어 표현되어 있다. 과거를 극복하고 미래로 나아가고자 하는 슬픔에 잠긴 청년의 초상은 1910년대의 젊은이를 대표한다.

아름다운새벽　주요한, 조선문단사, 1925(3판).

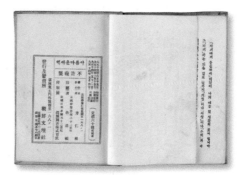

자연송

황석우

황석우는 김억과 함께 조선의 문단에 서구의 근대 자유시를 소개하기 위해 힘썼던 선구자였다. 그의 유일한 시집『자연송』은 1929년 11월 조선시단사에서 간행되었다. 「태양계, 지구」, 「소우주, 대우주」, 「불의 우주」, 「별, 달, 태양」, 「아침노을」, 「새벽」, 「잎 위의 아침이슬」 등 150여 편의 작품이 수록되어 있다. 당시로서는 드물게 작품 수가 많은 편이다. 황석우는 1920년경부터 시를 쓰기 시작했으며, 『자연송』은 10여 년 동안 축적된 상당수의 창작시 중 자연에 관한 시들을 수록한 것으로 보인다.

황석우는 앞부분 아포리즘에 "자연을 사랑하라. 자연을 사랑하지 못하는 자는 사람도 사랑할 참된 길을 알지 못하다."라고 썼다. 여기에서 '자연'은 '삼라만상'을 뜻한다. 천체와 계절의 질서에 대한 소박한 과학 지식이 특징적으로 드러난다. 수사적으로는 자연과 천체를 의인화했고 우화와 동화의 기법을 실험했다. 당시 문단에서 찬사와 비난 모두를 받은 시집이다.

自然頌 황석우, 조선시단사, 1929(재판).

해파리의 노래

김억

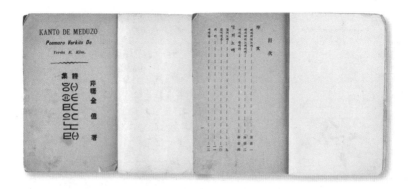

『해파리의 노래』는 김억의 첫 창작 시집이자 한국 최초의 창작 시집이다. 1923년 조선도서주식회사에서 발간되었다. 김억은 한국의 근대 자유시가 형태를 갖추는 데 크게 기여했다. 1910년대 후반 주간 문예지 『태서문예신보』 지면에서 프랑스 상징주의 시를 소개하기도 했다. 『해파리의 노래』에는 자신이 번역 소개한 서구 자유시의 영향을 강하게 받은 시들이 수록되어 있다. 「꿈의 노래」, 「해파리의 노래」, 「표박」, 「스핑쓰의 설움」, 「황포의 바다」, 「반월도」, 「저락된 눈물」, 「황혼의 장미」, 「북방의 소녀」 등 모두 9부 57편으로 구성되어 있다. 시집 전반에 나타나는 주된 정서는 설움과 외로움인데, 김억은 그것을 '-로라', '-노라' 같은 고운 언어로 종결 어미를 사용해 부드럽게 표현했다. 하지만 시에 내재된 설움의 정서가 피상적이고 단순하다는 점에서 김억의 창작시는 좋은 평가를 받지 못했다.

해파리의노래 김억. 조선도서주식회사, 1923.

1919~1925

근대문학, 현실에 뿌리를 내리다

····· 1919년 3월 1일의 만세운동은 일제의 무단통치에 맞서 조국의 독립과 자유를 주장한 최초의 전국 규모의 대중적 정치 운동이었다. 3·1 운동의 결과 일제는 무단통치 대신 한글 신문과 잡지의 발행 등을 포함한 언론과 출판 및 사상과 이념의 자유 등을 제한적으로 허용하는 문화정치를 실시하게 된다. 이런 분위기 속에서 조선의 독립을 열망하는 민족주의 사상과 함께 노동자, 농민 계급의 해방을 추구하는 사회주의 사상도 널리 확산되었다. 1920년대 우리 근대문학에는 이러한 정치적·문화적·사상적 상황들이 잘 반영되어 있다.

3·1운동 이후 『창조創造』, 『폐허廢墟』, 『백조白潮』, 『장미촌薔薇村』, 『개벽開闢』 등의 잡지와 『동아일보東亞日報』, 『조선일보朝鮮日報』 등의 신문들이 창간되었다.

이 매체들을 통해 많은 작품이 발표될 수 있었고, 다양한 문학사상과 이론도 소개될 수 있었다. 또한 식민지 현실을 직시하고 변혁을 꿈꾸게 하는 여러 사상들도 유입되었고, 일본 유학을 비롯해 근대적 교육을 받은 사람들도 늘어났다. 이러한 분위기 속에서 우리 근대문학은 본격적으로 성장할 발판을 마련하게 되었다.

3·1운동을 겪으며 우리 문학은 식민 지배하의 불합리하고 가혹한 현실을 발견한다. 일제가 통치하는 암담한 현실, 빈궁에 허덕이는 민중들의 삶에 본격적으로 주목하게 된 것이다. 이 시기에 활약한 대표적인 소설가로는 김동인, 나도향, 현진건, 염상섭, 최서해 등을 들 수 있고 시인으로는 한용운, 김소월, 이상화 등을 꼽을 수 있다.

소설

목숨

김동인

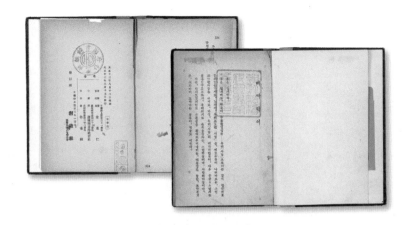

한국 근대 단편소설을 대표하는 작가 김동인이 1923년 창조사에서 발간한 작품집이다. 김동인은 도쿄 유학 시절인 1919년 한국 최초의 문학 동인지 『창조』를 창간하고, 단편소설 「약한 자의 슬픔」을 발표하며 등단했다. 다양한 소설 기법을 과감하게 실험하면서 한국 소설을 '예술'의 수준으로 끌어올린 작가로 평가받고 있다. 『목숨』에는 '예술을 위한 예술'이라는 예술지상주의 표어에 어울리는 정교한 구성, 혁신적인 문체가 돋보이는 작품들이 실려 있다.

표제작 「목숨」은 1921년 발표된 작품으로, 죽음의 공포에 휩싸인 M이 악마 같은 삶에 대한 집착을 자각하는 내용으로 이루어져 있다. '지옥' 같은 병원과 죽음에 대한 그로테스크한 묘사가 돋보인다. 또한 이 작품집에는 김동인을 대표하는 단편 「배따라기」가 실려 있다. 「배따라기」는 「목숨」과 마찬가지로 액자식 구성을 취하고 있으나, 다소 거친 스타일로 풀어 낸 「목숨」과 달리 오해로 빚어진 비극의 전말을 아주 섬세하게 구성했으며 서정적인 분위기마저 풍기는 작품이다. 동생이 형에게 건네는 말, "거저 다 운명이외다."라는 대사가 독자에게 깊은 울림을 남긴다.

목숨 김동인, 창조사, 1923, 국립중앙도서관 소장.

소설

현진건 단편선

현진건

작가 현진건의 단편소설을 모아 1941년 발행한 작품집으로, 한국 근대의 대표 출판사 가운데 한 곳인 박문서관이 기획하고 발행한 '박문문고'에서 나왔다. '박문문고'는 일제 말기의 대표 출판사인 학예사가 기획한 '조선문고'와 같은 시기에 발행되어 경쟁했다. '박문문고'가 처음 기획된 1939년은 전쟁의 위기가 고조되면서 물자가 심하게 부족해지던 시기였다. 이에 따라 책값도 덩달아 올라갔지만, 좋은 책을 읽고 싶은 독자의 열망은 여전히 컸다. '박문문고'는 이러한 기대에 부응해 고전과 교양서를 저렴한 비용으로 독자에게 보급하겠다는 취지로 기획된 총서였다.

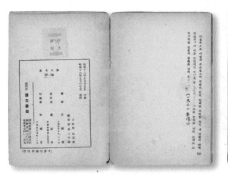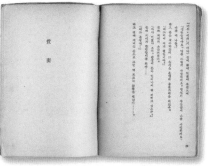

박문문고는 『이광수 단편선』, 『이태준 단편선』, 『이효석 단편선』, 『한설야 단편선』 등 명망 있는 작가들의 단편집을 다수 출간했다. 『현진건 단편선』에 수록된 「빈처」는 가난한 청년 K와 아내를 주인공으로 속물적인 사회와 갈등하는 젊은 지식인의 속내를 그린 작품으로 원래 1921년에 발표되었다. 현진건의 이름을 알린 첫 작품이자 혁신적인 기법을 시도해 단편소설의 수준을 끌어올린 작품이라는 점에서 가치가 크다.

玄鎭健短篇選 현진건, 박문서관, 1941.

견우화

염상섭

염상섭의 첫 단편소설집으로, 1920년대 초에 발표된 「제야」, 「암야」, 「표본실의 청개구리」 3부작을 수록하고 있다. 작가는 이 책의 서문에서 '견우화'라는 제목은 '야차의 마음을 가진 보살'을 의미한다고 설명했다. 그리고 '문단에 공개할 만한 가치가 없는 작품'이라고 겸손하게 말하면서도, '우리가 얼마나 고민했는가를 표명하고 해결하려 노력했다'고 창작 의도를 밝혔다. '우리의 고민'을 해결하려 했다는 작가의 설명대로, 『견우화』에 실린 세 작품은 예술을 동경하는 청년, 무기력한 젊은 지식인, 자유연애를 즐기다 파국을 맞는 신여성 등 당시 식민지 조선의 청년을 주인공으로 삼아 그들의 고뇌를 해부한다.

첫 번째 작품인 「표본실의 청개구리」가 가장 유명하다. 한국 근대문학 최초의 자연주의 소설로도 일컬어지는 이 소설은 당시 청년의 무기력한 내면을 완성도 높게 그렸다. 작가는 판에 박혀 해부당하는 개구리처럼 권태로운 삶을 사는 '나'와 광인狂人 김창억을 통해 현실의 중압에 눌린 식민지 청년의 고뇌를 드러냈다. 김동인은 이 작품의 주인공을 가리켜 '새로운 햄릿'이라고 격찬했다.

牽牛花 염상섭, 박문서관, 1924.

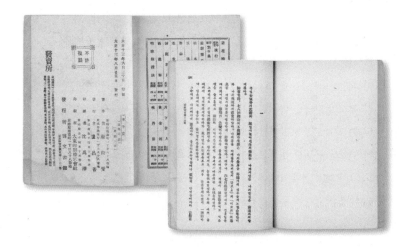

조선의 얼굴

현진건

김동인과 함께 한국의 근대 단편소설을 대표하는 작가 현진건이
1926년 출간한 작품집이다. 현진건은 사실주의 단편소설의 기틀을
다진 작가로 『조선의 얼굴』은 사실주의의 특징이 잘 드러난 작품집
이다. 「사립정신병원장」, 「피아노」, 「동정」, 「고향」 등 총 11편의 단편
이 수록되어 있다. 각 작품의 주인공은 도시 하층민, 고향에서 유리
된 농민 등 궁핍하고 가난한 삶을 이어가던 당시의 식민지 조선인
들이다. 그래서 작품집 제목을 '조선의 얼굴'이라 한 것이다. 1935년
현진건이 『동아일보』에 연재하던 역사소설 『흑치상지』가 총독부 검
열에 의해 강제 중단당하면서 『조선의 얼굴』도 금서로 지정되었다.
현진건의 작품 중 가장 유명한 「운수 좋은 날」과 「B사감과 러브레
터」가 바로 이 작품집에 실려 있다. 지금도 여러 매체에서 종종 패
러디되고 있는 「운수 좋은 날」은 지독한 가난에 시달리는 인력거꾼
김 첨지의 비극을 아이러니하게 풀어낸 작품이다. 「B사감과 러브레
터」는 꼬장꼬장하고 깐깐해 보이는 기숙사 사감 B가 실제로는 학생
의 연애를 은밀한 방법으로 부러워하고 있었다는 비밀을 희극적으
로 그려 보인 작품이다.

朝鮮의얼골 현진건, 글벗집, 1926

玄憑虛 著

朝鮮의 얼골

現代文藝叢書

2
1
3
4

1 앞표지 **2** 차례 **3** 본문 **4** 판권

감자

김동인

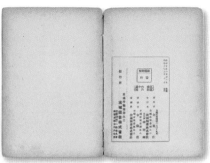

1935년에 발간된 김동인의 단편소설집으로 표제작 「감자」를 포함해 「태형笞刑」, 「눈을 겨우 뜰 때」 등 모두 8편의 단편을 수록하고 있다. 김동인은 사실주의, 유미주의, 민족주의, 역사소설 등 다양한 사조와 장르, 스타일을 망라하며 활발하게 창작한 작가이다. 『감자』에는 자연주의적 사실주의 계열로 분류되는 작품이 다수 수록되어 있다. 그러나 예술의 자율성을 강조해 온 작가이니만큼, 정교한 구성과 냉정하고 객관적인 문체로 쓰인 수록작들은 김동인만의 개성이 드러나는 사실주의적 세계를 보여 준다.

표제작 「감자」는 가난한 농가 출신 여성이 비극적 결말을 맞기까지의 일대기를 그린 작품이다. 가난과 탐욕이 일그러뜨리는 빈민의 삶, 목숨까지도 흥정의 대상이 되는 냉정한 세태 등이 극적으로 그려져 있다. 「태형」은 김동인이 3·1운동 당시 체포되어 수감되었을 때의 체험을 바탕으로 쓴 소설이다. 좁은 방안에 우겨넣어진 다양한 인간 군상과의 생활을 스케치하면서 작가는 생존 본능과 이기심으로 일그러진 삶의 단면을 제시했다.

감자 김동인, 한성도서주식회사, 1935.

현대조선문학전집 단편집 상

나도향 외

『현대조선문학전집』은 1938년 조선일보사가 기획하고 출판한 전집으로 모두 7권으로 구성되어 있다. 당시 한국 문학계에서 왕성하게 활동하던 작가들의 작품을 모아 엮은 전집으로, 단편, 시가, 수필기행, 희곡, 평론 등 5개 장르로 분류되어 있다. 단편집에는 이광수, 나도향, 박화성, 이태준, 박태원, 장덕조, 엄흥식, 이기영, 이효석, 김동인, 이상 등 당대의 내로라하는 작가들의 작품이 실려 있다. 당시 책값이 1원 정도였는데 이 전집은 권당 1원 20전으로 약간 비싸게 책정되었다. 문학 정전으로서 고급화를 꾀한 결과라고 볼 수 있다.

이 단편집에는 당대 민중이 겪는 가난과 부조리의 세태, 젊은이의 사랑 등 당시 현실에 밀착한 사실주의 경향의 작품들이 다수 수록되어 있다. 그러한 성격이 가장 잘 드러나는 작품이 나도향의 「물레방아」이다. 「물레방아」는 농촌의 세력가 신치규와 그의 땅을 경작하는 이방원 부부 사이에 벌어진 비극을 다룬 작품이다. 작가는 궁핍한 일상과 탐욕으로 일그러진 하층민의 삶을 생생한 필치로 그려 냈다.

現代朝鮮文學全集 短篇集 上　나도향 외, 조선일보사출판부, 1938(3판).

조선명작선집

박영희 외

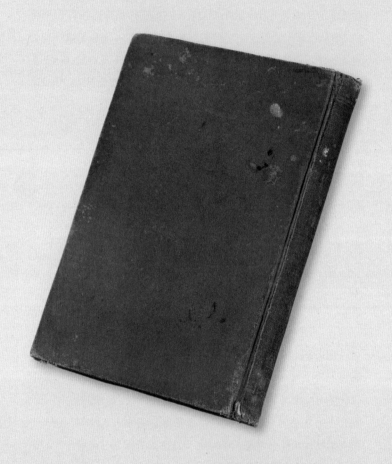

『조선명작선집』은 "조선 문단에 있어 최대 걸작인 명시가, 명소설 등 50여 편"을 모은 "반도 문단 최대의 호화판이며 집대성"을 표방하며 삼천리사가 기획·출간한 작품집이다. 삼천리사는 1929년부터 1942년까지 대중잡지 『삼천리』를 발간한 출판사이다. 1930년대에 잡지 발간과 함께 『명작소설 30선』, 『신문학선집』, 『조선명작선집』, 『조선문학전집』 등 한국 근대문학선집·전집류를 적극적으로 기획하면서 문화와 교양에 대한 독자의 욕구를 충족시켜 주었다.

『조선명작선집』은 『귀의 성』을 필두로 「사냥개」, 「낙동강」, 「탈출기」, 「돈豚」, 「배따라기」, 「마돈나」 등 당시 높은 평가를 받았던 작품들을 모은 책이다. 특히 「사냥개」는 신경향파를 여는 소설이어서 주목된다. 계급의식을 생경하게 드러내어 작품성은 떨어지나 우리 문학사에서 계급 갈등을 처음으로 표현한 작품이다. 이외에 이인직, 이광수, 염상섭, 김동인, 나도향, 현진건, 최서해, 이태준, 이효석, 김소월, 정지용, 임화 등 주요 작가를 망라했으며 민족주의와 사회주의 등 다양한 문학의 경향을 보여 주는 시, 소설을 선별해 독자가 편중 없이 한국 문학의 흐름을 일별할 수 있도록 구성했다.

朝鮮名作選集 박영희 외, 삼천리사, 1936.

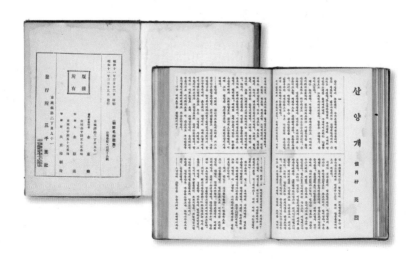

최서해가 1920년대 전반에 발표했던 「탈출기」, 「기아와 살육」, 「박돌의 죽음」, 「심삽 원」 등의 작품들을 모아 엮은 창작집이다. 1920년대 초반 소설을 대표하는 문학 경향 중 하나가 민중의 좌절과 궁핍을 사회주의적 전망 안에서 해석하는 '신경향파'이다. 신경향파를 대표하는 작가 최서해는 대학 교육을 받은 엘리트가 주류를 이루던 당시 한국 문단에서 상당히 두드러지는 사람이었다. 그는 보통학교도 중퇴할 정도로 가난한 삶을 살았지만, 그 경험을 소재로 빼앗긴 자들의 고통과 절망을 그대로 보여 주는 강렬한 작품들을 써 나갔다.

함경북도에서 소작인의 아들로 태어난 최서해는 극심한 가난에서 탈출하기 위해 간도로 이주했지만, 간도에서도 나무를 훔쳐 팔거나 막노동이나 잡일을 전전하는 등 가난에서 벗어날 수는 없었다. 그의 대표작 「탈출기」는 바로 이 간도에서의 체험을 그린 작품이다. 「탈출기」에는 남의 집 허드렛일, 나무장수, 생선 장수, 두부 장수 등 닥치는 대로 일을 해도 돈이 없어, 급기야 굶주림을 이기지 못한 아내가 아궁이에서 귤껍질을 주워 먹기에 이르는 비참한 상황이 너무나 생생하게 그려져 있다.

血痕 최서해, 글벗집, 1926(재판), 국립중앙도서관 소장.

염상섭은 평생 30편에 가까운 장편소설과 150편에 가까운 중단편 소설을 써낸 대작가이다. 그의 작품에는 식민지 시대, 해방과 한국 전쟁을 거치며 변화하는 한국의 현실과 세태, 그리고 그 속에 놓인 인간의 삶에 대한 날카로운 통찰이 담겨 있다.

『만세전』은 처음에는 『묘지』라는 제목으로 1922년 『신생활』에 연재 되었다. 그러나 잡지가 폐간되면서 연재도 중단되었다가, 1924년 지면을 옮겨 『시대일보』에 『만세전』이라는 새로운 이름으로 연재해 완성했다. '묘지'나 '만세 전前'이라는 제목은 모두 3·1운동 이전의 조선 사회를 가리키는 말이다. 소설은 일본에서 유학하던 대학생 '나'가 아내가 위독하다는 소식을 듣고 급히 도쿄를 떠나 고베, 시모노세키, 부산, 김천, 대전을 거쳐 서울에 이르기까지의 여정을 따라 구성되어 있다. '묘지'라는 제목이 시사하듯, 이 여정에서 '나'는 식민지 조선의 어둠을 낱낱이 관찰하면서 자신을 성찰하게 된다.

萬歲前 염상섭, 고려공사, 1924.
萬歲前 염상섭, 수선사, 1948.

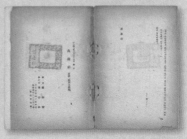

1924년판   1948년판

		1 서문	**4** 속표지
1	4	**2** 본문	**5** 본문
2	5	**3** 판권	**6** 판권
3	6		

1
2

1 경성역(서울역)
2 관부연락선

주인공 '나'의 여정에 등장하는 장소

도쿄를 출발한 주인공 '나'는 특별히 볼일도 없으면서 고베에 들러 아는 여자 유학생을 만나고, 시모노세키로 가서 관부연락선을 타고 부산에 도착한다. 부산에서 경부선 열차를 타고 김천, 대전을 거쳐 서울까지 오는 동안 주인공 '나'는 식민지 조선의 현실을 뼈아프게 직면한다.

시

회월 시초

박영희

박영희는 시인이자 소설가, 평론가로 문단에서 활약했다. 그의 문학적 이력은 파란만장하다. 처음에는 유미주의에 뜻을 두었다가 신경향파 문학, 카프 문학으로 선회했고, 전향 후에는 친일 문학을 발표했다. 『회월 시초』는 박영희의 첫 시집으로 1923년 중앙인서관에서 간행했다. 대표작인 「월광으로 짠 병실」을 포함한 총 20편의 작품이 수록되어 있다. 이 시집은 당시 문단에서 호평을 받지 못했다. 「월광으로 짠 병실」은 박영희 초기 시의 탐미적인 경향과 병적 낭만주의가 잘 나타난 작품이다. 1923년 9월 동인지 『백조』 3호에 발표되었다. 박영희는 박종화, 홍사용, 나도향과 함께 백조 동인으로 활동했는데 백조 동인들은 현실 도피, 죽음, 비탄을 절망적이고 감상적이고 퇴폐적으로 표현하는 시를 주로 발표했다. 「월광으로 짠 병실」 역시 3·1운동 실패 이후 절망과 불안으로 점철된 1920년대 초반 조선의 현실을 퇴폐적이고 감상적으로 노래한 작품이다.

懷月詩抄　박영희. 중앙인서관. 1937.

조선시인선집

이상화, 홍사용 외

『조선시인선집』은 식민지 시기에 편찬된 최초의 시인 선집이다. 1926년 10월 조선통신중학관에서 발간되었다. 조선통신중학관은 중학교에 진학하지 못하는 사람들을 위해 독학 통신 강의를 주관했던 단체이다. 교양 교육을 위해 편찬된 이 선집에는 이상화, 홍사용, 김동환, 김소월 등 1920년대를 대표하는 시인 28명의 시 138편이 수록되었다. 표지에 "28문사 걸작二十八文士傑作"이라고 써 놓아 당대 대표 시인들의 작품을 수록했다는 점을 강조했다.

「나의 침실로」는 이상화의 대표작이다. 전체 12행으로 되어 있고, 띄어쓰기를 거의 무시하고 쉼표를 빈번히 사용한 것이 특징이다. '마돈나'를 기다리는 침실은 억압당한 자유를 향한 욕망을 발산하고자 하는 화자의 충동과 죄의식이 형상화된 공간이다.

홍사용의 「나는 왕이로소이다」는 전체가 9연으로 된 산문시이다. 어머니의 어여쁜 아들이자 가난한 농군의 아들로 '시왕전十王殿'에서 쫓겨난 '눈물의 왕'인 화자의 비탄이 담겨 있다. 민족적 정한과 허무의식에 바탕을 둔 이 시의 비애와 서정은 1920년대의 낭만적이고 감상적인 경향을 대표한다.

朝鮮詩人選集 이상화 · 홍사용 외, 조선통신중학관, 1926.

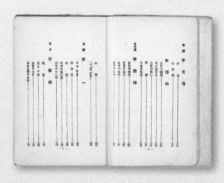

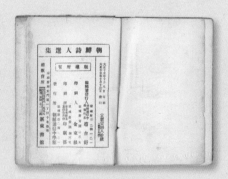

시

국경의 밤

김동환

```
    │ 3
1 2 │
    │ 4
```
1 뒤표지 **2** 안표지 **3** 본문 **4** 판권

파인巴人 김동환은 다재다능한 문인이었다. 신문기자이자 잡지 편집자였고, 시, 소설, 희곡, 평론을 두루 창작했다. 카프와 국민문학 진영 모두에게 찬사를 받으며 화려하게 등단했으며 일제강점기 최고의 대중 종합잡지 『삼천리』를 창간해 큰 성공을 거두기도 했다. 『국경의 밤』은 김동환의 첫 번째 시집이며, 한국 최초의 장편 서사시집이다. 1925년 3월 27일 한성도서주식회사에서 간행되었다. 방학 동안 서울의 여관방에서 추위에 떨며 탈고한 시집으로 알려져 있다. 「국경의 밤」과 함께 널리 알려진 「북청 물장수」 등 단형 서정시 14편이 함께 수록되어 있다. 「국경의 밤」은 모두 3부 72장 930여 행으로 이루어져 있다. 재가승 혈통인 순이와 '언문 아는 선비'인 청년의 비극적 사랑 이야기가 중심 서사를 이룬다. 그들의 비극적 사랑은 제도와 관습에 기인한 것인데, 여기에서 김동환의 기성 제도에 대한 반감을 확인할 수 있다. 또한 일본 경찰, 국경 경비대, 마적 떼로 둘러싸인 국경 지역 우리 민족의 현실을 긴박하게 그리고 있다. 식민지 현실에 대한 비판적 요소와 통속소설적 요소가 결합된 작품이다.

國境의밤 김동환. 한성도서주식회사, 1925(재판).

진달래꽃

김소월

1 중앙서림 총판본 앞표지 2 한성노서 총판본 앞표지

『진달래꽃』은 김소월 생전에 출판된 유일한 시집이다. 매문사에서 1925년 12월에 발행되었다. 근대문학사상 가장 널리 읽힌 시집이며, 2011년도 등록문화재로 지정되었다. 전체를 16부로 나누어, 대표작인 「먼 후일」, 「초혼」, 「진달래꽃」, 「접동새」, 「산유화」, 「가는 길」, 「왕십리」, 「엄마야 누나야」 등을 포함한 모두 127편의 작품을 수록했다. 김소월은 20대 초반에 「엄마야 누나야」 등을 발표하며 문학 활동을 시작했고 문단의 별이 되었다. 김소월은 시상이 떠오르면 메모했다가 그것을 고심해 수정하는 창작 습관이 있었다. 또한 이미 발표한 작품이더라도 반복해서 수정하며 완성도를 높이기 위해 심혈을 기울였다. 안타깝게도 그가 공들여 준비한 시집 『진달래꽃』은 발표당시에는 문단과 대중의 주목을 받지 못했다. 같은 날, 같은 출판사에서 발행한 시집이 왜 두 군데의 총판에서 판매되었는지는 지금까지도 수수께끼로 남아 있다.

진달내꽃 김소월, 매문사(중앙서림 총판), 1925, 윤길수 소장.
진달내꽃 김소월, 매문사(한성도서주식회사 총판), 1925, 화봉문고 소장.

한성도서주식회사 총판본의 본문과 판권.

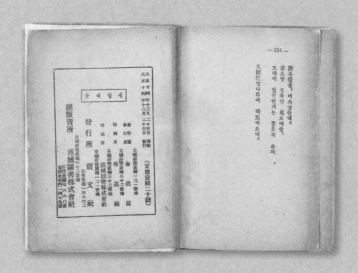

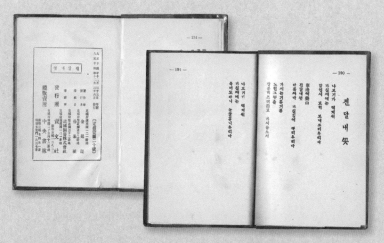

중앙서림 총판본의 본문과 판권.

발행 당시 광고

"음악 같은 말로 곱게 곱게 꿰맨 진주 꾸러미란 소월 군의 시집을 두고 한 말입니다. 세계 어떠한 시단에 내어놓는다 하여도 조금도 손색없을 것을 확신합니다. 우리 시단 생긴 이래의 가장 큰 수확으로 무색한 시단에 이 시집 하나가 암야暗夜의 별과 같이 광휘를 놓는 관觀이 있습니다."

1926년 2월 6일자 『동아일보』 광고에는 소월의 스승 김억이 쓴 글이 함께 실려 있다.

님의 침묵

한용운

한용운은 19세기 말에 태어나 식민지 시대를 관통해 산 승려이자 시인, 소설가이다. 그의 삶의 중심은 조선 불교 근대화와 민족 독립 운동에 있었다. 마흔에 본격적으로 시와 소설을 쓰기 시작한 한용운에게 『님의 침묵』은 첫 번째 시집이자 마지막 시집이다. 1926년에 회동서관에서 출간되었으며 대표작 「님의 침묵」, 「이별은 미의 창조」, 「알 수 없어요」, 「복종」 등을 포함한 모두 88편의 시가 수록되어 있다. 『님의 침묵』은 발간 당시에는 문단에서 크게 주목받지 못했다.

한용운은 『님의 침묵』에서 '님'이라는 시어에 연인, 조국, 불교 등 풍부한 상징성을 담아 냈다. 시집의 서문격인 「군말」에 "「님」만 님이 아니라 기룬 것은 다 님이다. 중생이 석가의 님이라면 철학은 칸트의 님이다. 장미화의 님이 봄비라면 마찌니의 님은 이태리다."라고 썼다. 그는 '님'과의 합일을 위한 구도적인 실천을 이별한 여인에 대한 그리움이라는 정서를 빌려 철학적이면서도 감각적인 언어로 화려하게 노래했다. 이별의 슬픔을 극복하고 이를 넘어서고자 하는 강인한 시적 태도가 인상적인 시집이다.

님의沈默 한용운, 회동서관, 1926, 윤길수 소장.

1 앞표지 **2** 속표지 **3** 본문과 차례 부분 **4** 판권

소설·평론집

박영희

한국 근대문학사에서 '평론'이라는 이름을 달고 단행본으로 출간된 최초의 책이
다. 이 책의 제목인 '소설·평론집'은 소설과 평론을 함께 묶었다는 뜻이다. 저자
박영희는 팔봉 김기진과 더불어 우리 근대문학사에서 '신경향파'라는 문학사적
유파를 형성시키는 데에 결정적인 구실을 한 문인이기도 하다. 이 책은 바로 그
산 증거이며 결과물이다.

이 책에 실린 3편의 소설과 4편의 평론은 모두 신경향파의 대표적인 소설 작품
이자 평론들이다. 박영희는 소설과 평론 두 방면에서 신경향파 문학의 새로운
가능성과 한계를 모두 보여 주었는데 1920년대 자신이 발표한 가장 핵심적인 글
들을 묶어 책 한 권으로 내놓았다.

小說·評論集 박영희, 민중서원, 1931(재판).

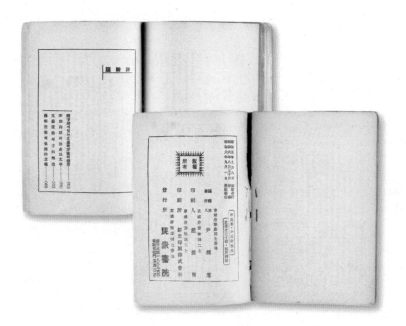

1925~1935

리얼리즘과 모더니즘으로

····· 1920년대 중반부터는 일본 제국주의에 맞선 우리 민족의 저항이 더 강해지고 조직화되어 갔다. 1927년 신간회의 설립으로 좌파와 우파가 연합하는 독립운동의 가능성이 모색되었으며, 원산 총파업 등을 비롯한 노동운동과 농민운동도 점차 강화되었다. 한편, 일제가 중국 대륙을 침략하기 위한 병참기지로 우리 땅을 활용하면서 대규모 공업단지가 곳곳에 생겨났다. 또한 식민지 자본주의가 확장되면서 서울을 비롯한 여러 도시들도 근대도시의 면모를 갖추어 갔다. 백화점, 호텔, 카페, 영화관 등이 늘어나고 이를 즐기는 모던 보이와 모던 걸들이 도시를 활보하면서 식민지 자본주의가 기묘하게 전개되었다.

1925년 8월 결성된 조선 프롤레타리아 예술가 동맹KAPF은 조직적 문학 운동의 본격적인 출발을 의미한다. 1935년 해산되기까지 10년 동안, 카프는 조선의 독립과 혁명을 위한 문학 운동을 전개했다. 비평사에 기록될 여러 논쟁을 통해 카프는 식민지 시대에 문학의 사회적 역할에 대한 근본적인 질문을 던졌다. 이런 논쟁은 식민지 현실을 총체적으로 형상화한 빼어난 리얼리즘 소설이 발표되는 데에 기여했다. 카프 소속의 대표적 문인인 이기영, 한설야, 임화, 김남천 등이 이 시기에 활발하게 활약했다.

식민지 자본주의라는 왜곡된 형태이긴 하지만 자본주의와 근대도시가 발달하면서 이를 반영한 모더니즘 문학도 하나의 큰 흐름을 형성했다. 모더니즘 문학은 카프처럼 문학의 사회적 기능보다는 문학 자체가 가진 다양한 형식 실험에 집중하면서 식민지 자본주의와 도시의 근대문명에 비판적으로 접근했다. 모더니즘 문학에서 구인회의 존재를 빼놓을 수 없는데, 이상, 정지용, 김기림, 박태원 등이 핵심 멤버였다.

또한 이 시기에는 농촌과 농민의 실상을 그린 소설이 발표되었다. 김유정의 「봄봄」(1935)과 「동백꽃」(1936), 심훈의 『상록수』(1935) 등이 대표적인 작품들이다. 한편, 근대소설을 대표하는 뛰어난 리얼리즘 장편소설도 창작되어 우리 근대소설사의 높은 성취를 보여 주었다. 염상섭의 『삼대』(1931)와 이기영의 『고향』(1933), 한설야의 『황혼』(1936) 등이 대표적 작품으로, 이 소설들에는 식민지 조선의 현실이 총체적으로 형상화되어 있다.

낙동강

조명희

조명희의 첫 소설집으로 표제작 「낙동강」과 「농촌 사람들」, 「마음을 갈어먹는 사람」, 「저기압」, 「한여름 밤」의 다섯 작품이 실려 있다. 조명희는 최서해와 함께 가난한 민중의 삶을 사회주의적 비전 안에서 조명한 신경향파를 대표하는 작가이다. 이 소설집에 등장하는 인물들은 신문기자, 거지, 농민 등 직업과 사회적 지위는 다양하지만, 공통적으로 가난하고 힘겨운 삶을 이어 간다는 점에서 신경향파 문학의 특징을 잘 보여 준다.

이 소설집의 표제작이자 조명희를 대표하는 소설인 「낙동강」은 관념으로 빠지기 쉬운 신경향파 소설의 수준을 한 단계 끌어올린 작품으로 평가받는다. 「낙동강」은 사회운동가 박성운이 고향에 돌아와 농민과 연대해 강변 갈대밭에 관한 권리를 지키기 위해 싸우다 비극적 결말을 맞기까지의 과정을 그린 소설이다. 비록 박성운은 마지막에 죽지만 백정의 딸 로사가 그의 뜻을 이어 유랑민과 함께 북간도로 떠난다는 결말을 통해 희망을 여운으로 남겼다. 가난하고 교육받지 못한 농민, 백정 같은 하층민과 독립운동가 출신의 지식인을 함께 등장시켜 식민지 조선의 현실을 입체적이면서 사실적으로 그린 점이 돋보이는 작품이다.

洛東江 조명희, 건설출판사, 1946(재판).

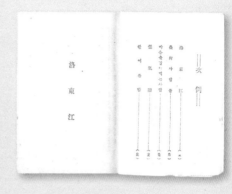

민촌

이기영

카프의 대표 작가 이기영의 작품을 모은 소설집이다. 표제작인 「민촌」과 「외교원과 전도부인」, 「쥐 이야기」, 「오남매 둔 아버지」 등 4편의 중단편이 수록되어 있다. 이기영은 사회주의 문예운동가 조직인 카프에서 창작과 조직 활동 양면에 걸쳐 활약한 작가이다. 자신이 직접 체험한 가난을 소재로 식민지 하층민의 현실을 총체적으로 그려 냄으로써 카프 문학의 최고 수준을 보여 주었다고 평가받고 있다. 해방 후에는 월북해 북한 문학계를 주도하기도 했다.

「농부 정도룡」, 「홍수」, 「서화」, 『고향』 등 이기영을 대표하는 작품들은 식민지 조선 농촌의 현실을 총체적으로 그려 낸 사실주의 소설들이다. 『민촌』의 표제작 「민촌」도 핍박받는 농민의 삶을 생생하게 재현한 중편소설이다. 가난한 농민의 딸 점순이 지주 박 주사의 집에 첩으로 팔려가는 이야기를 줄기로 삼아, 향촌 지배층으로 군림하는 양반 출신 자본가의 횡포를 그리고 있다. 지주의 땅을 부쳐 먹고 사는 소작농이기 때문에 그저 참고 견뎌야 하는 농민의 비참하고 부당한 현실이 잘 드러난 작품이다.

民村 이기영, 건설출판사, 1946(재판).

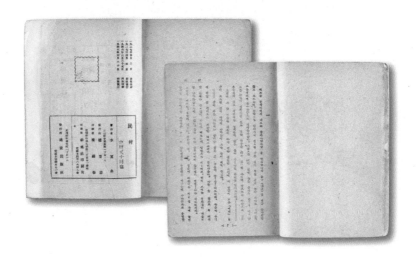

카프작가칠인집

한설야 외

1920년부터 1930년대 중반까지 한국 문학의 양대 산맥이었던 프로문학
(프롤레타리아 문학)의 정수를 담은 작품 선집이다. 책 제목에 쓰인 '카프
KAPF'란 '조선 프롤레타리아 예술가 동맹Korea Artista Proleta Federatio'의
약칭으로, 노동자나 농민 등 무산계급의 해방을 기치로 내걸고 활동한
문학예술 운동 단체이다. 카프는 '예술을 무기로 한 조선 민족의 계급적
해방'을 목표로 활동했으나, 일제의 탄압으로 1935년 해산되었다.

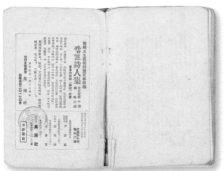 

『카프작가칠인집』은 카프가 '당黨의 문학'을 표방하며 투철한 정치성을
강조하던 시기의 소설과 희곡을 선별해 엮은 책이다. 이기영, 조명희, 윤
기정, 조중곤, 김남천, 한설야, 송영이 카프 작가 7인으로 참여했고, 박영
희가 '서문'을 썼다. 급격히 산업화가 진행되는 시대를 배경으로 노동조
합 파업 투쟁, 농민 소작쟁의, 노농동맹 등 정치적으로 각성한 인물들이
자본가에 맞서 싸우는 과정을 소재로 한 작품들이 실려 있다. 한설야의
소설 「과도기」는 함경도 창리를 배경으로 공장이 지어지면서 살던 곳에
서 쫓겨나는 토착민들의 이야기를 그렸다. 고향을 잃은 주인공은 결국
공장노동자가 되고 만다.

캅프作家七人集 한설야 외, 집단사, 1932, 국립중앙도서관 소장.

1 ｜ 2 3

1 앞표지 **2** 판권 **3** 본문

소설

봄

유진오

「나비」, 「가정교사」, 「수술」 등 단편 9편과 장편 『수난의 기록』을 수록한 유진오의 작품집이다. 유진오는 「김강사와 T교수」, 『화상보』 등의 작품으로 알려진 작가인데 한편으로는 법학자로서 이력도 화려하다. 경성제국대학 법문학부 졸업 후 모교의 예과 강사가 되었으며, 해방 후에는 법학자로서 대한민국 헌법을 기초하고 초대 법제처장, 고려대학교 총장을 지냈다.

『봄』에 수록된 「5월의 구직자」라는 작품은 고학력자의 극심한 취직난을 소재로 하고 있다. 주인공 찬구는 전문학교 졸업 예정자로, 그의 가족들은 찬구가 취직해 가계를 책임져 주기를 바란다. 하지만 학교에서 취직을 주선해 주는 학생 주사 T는 찬구와 껄끄러운 사이이다. 졸업이 다가와도 좀처럼 취직될 가망이 없자, 찬구는 구걸하다시피 T에게 선처를 부탁한다. 그 덕분인지 겨우 어느 회사에 시험을 치르고 면접을 보지만 결국 불합격 통지를 받는다.

봄 유진오, 한성도서주식회사, 1940.

삼대

염상섭

『삼대』는 1931년 1월 1일부터 9월 17일까지 『조선일보』에 연재되었다가 해방 후인 1947년에 단행본으로 출간된 작품이다. 염상섭은 당대 한국 사회를 사실주의적으로 그린 소설 3부작을 기획했는데, 『삼대』는 바로 그 첫머리에 해당하는 작품이다. 본래는 연재가 끝난 후 바로 단행본으로 출간하려 했으나 내용이 불온하다고 해서 실현되지 못했고, 해방 이후에야 비로소 출간될 수 있었다. 염상섭의 대표작뿐만 아니라 한국 근대소설의 대표작을 꼽을 때도 자주 언급되는 작품이다.

『삼대』는 족보를 사들여 양반 행세를 하는 대지주 할아버지 조의관, 교육과 교회 사업에 힘쓰는 아버지 조상훈, 민족의식과 사회의식을 지니고 있으나 소극적인 손자 조덕기와 그 주변의 다양한 인물들을 통해 식민지 시대 한국 사회를 입체적으로 그려 낸 소설이다. 가족사 형태를 통해 전통사회에서 근대사회로의 전환, 식민지 통치의 명암, 세대 간의 갈등 등 구체적인 사회 현실을 풍부하게 포착했다. 마찬가지로 한국 사회의 중산층을 주인공으로 삼은 장편소설 『무화과』가 『삼대』의 후속작이며, 3부작의 마지막 작품은 장편소설 『백구』라 알려져 있다.

三代 上卷 염상섭, 을유문화사, 1947.
三代 下卷 염상섭, 을유문화사, 1948.

소설

고향

이기영

이기영의 『고향』은 1930년대 사회주의 문학의 최대 성과로 평가되는 작품이다. 1933년 여름 고향의 성불사에 내려가 약 40여 일만에 장편소설 『고향』의 초고를 다 썼다고 한다. 그리고 『조선일보』에 연재하던 도중 체포되는 지경에 이르자 동료 김기진에게 연재를 이어달라고 부탁하고 감옥에 들어갔다. 이처럼 우여곡절을 겪은 『고향』은 1937년 단행본 발간 당시 이광수의 『흙』 판매고의 두 배를 뛰어넘으며 베스트셀러에 등극했다.

『고향』은 사회주의의 시선으로 포착한 농촌 현실을 풍부하고도 생생하게 그려낸 작품이다. 농민 계몽에 힘쓰며 농사를 짓는 희준을 중심으로 가난한 소작농에게 가해지는 핍박을 그리는 한편, 희준의 소꿉동무 갑숙을 중심으로는 공장 노동자가 겪는 부당한 현실을 고발한다. 이 둘은 힘을 합쳐 갑숙의 아버지이자 교활하고 탐욕스러운 마름인 승학에 대항한다.

故鄕 上　이기영, 한성도서주식회사, 1936.
故鄕 下　이기영, 한성도서주식회사, 1937(재판).

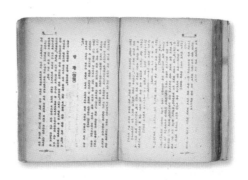

『황혼』은 1936년 2월부터 10월까지 『조선일보』에 연재된 장편소설을 한데 모은 단행본이다. 한설야는 젊은 시절 한국, 중국, 일본 등 여러 곳에서 공부하다 귀국한 후에는 사회주의 문학 운동에 투신해 활발하게 활동했다. 해방 후에는 평양에서 활동하며 북한 문학계의 지도자적 존재가 되었으나 1960년대에 숙청당하는 등 우여곡절 많은 개인사를 지녔다. 1934년 카프 멤버 대거 검거 사건에 휘말려 옥고를 치른 한설야는 귀향해 인쇄소 등을 경영하면서 문필 활동을 이어갔는데, 『황혼』은 출옥 후 처음 발표한 장편소설이다. 사회주의의 시선에서 식민지 조선의 노동 현실을 총체적으로 포착한 한설야의 대표작이다.

『황혼』은 가정교사에서 공장노동자로 변신하는 여순, 도쿄에서 유학한 지식인 출신 경재, 사상 사건에 연루되어 고등보통학교에서 제적당한 후 노동자가 된 준식, 이 세 사람을 중심으로 1930년대 노동자의 삶과 의식을 사실적으로 그렸다. 강경애의 『인간문제』와 함께 한국 근대 노동소설을 대표하는 작품으로 꼽힌다.

黃昏 한설야, 영창서관, 1940.

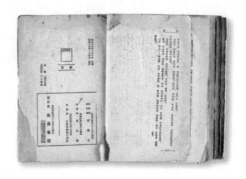

삼인장편전집

채만식 외

이광수의 『유랑』, 방인근의 『낙조』, 채만식의 『천하태평춘』을 함께 묶은 단행본이다. 이 책에 실린 세 작품 중 『유랑』은 1927년 『동아일보』에, 『낙조』는 1930년 『조선일보』에, 『천하태평춘』는 1938년 잡지 『조광』에 각각 먼저 연재되었다. 이 작품들은 『삼인장편전집』에서 처음으로 단행본 형태로 출간되었다. 다만 『유랑』은 16회 연재로 그친 미완의 작품이고, 『낙조』는 연재 기간이 한 달 남짓한 중단편 분량이라 실제로 '장편'이라 부를 만한 작품은 채만식의 『천하태평춘』 1편이다. 『천하태평춘』은 『태평천하』라는 제목으로 더 잘 알려진 채만식의 대표작이다. 자기만 살고 보면 된다는 신조를 가진 고리대금업자 윤직원 영감의 손자가 사회주의 운동을 하다 체포된다는 줄거리가 '태평천하'라는 제목과 아이러니하게 맞아떨어지는 작품이다. 『삼인장편전집』을 출간할 때도 『천하태평춘』이었으나, 1948년 동지사에서 단행본으로 출간할 때 작가가 『태평천하』로 바꾸었다. 채만식은 『삼인장편전집』의 서문에서 『조광』에 연재했던 『천하태평춘』을 약간의 자구만 교정해서 실었다고 밝혔다.

三人長篇全集　채만식 외, 명성출판사, 1940.

『달밤』은 단편소설 19편과 희곡 1편을 수록한 이태준의 첫 단편집이다. 이상, 박태원 등과 함께 구인회 동인으로 활동한 이태준은 서정성 짙은 단편소설로 잘 알려진 작가이다. 그의 작품에는 세상을 관망하는 시선, 간결하고 아름다운 문장, 선명한 분위기 등 개성이 도드라진다.

『달밤』에 수록된 작품들에는 주로 가난한 이들이 주인공으로 등장하는데 이태준 특유의 아름다운 문장으로 인해, 비참함보다는 서정적이고 애수 어린 분위기를 풍긴다. 표제작 「달밤」에도 이러한 특징이 잘 드러나 있다. 소설은 주인공 '나'가 '시골'인 성북동으로 이사 와서 만난 황수건이라는 독특한 인물의 생활을 그린다. '못난이' 황수건은 급사, 신문 보조 배달원, 과일 장수 등 여러 직업을 전전하면서도 낙천성을 잃지 않는다. 황수건을 비꼬거나 조롱하는 대신 의리와 정감 넘치는 인물로 묘사하는 '나'의 시선이 돋보이는 작품이다.

달밤 이태준, 한성도서주식회사, 1934.

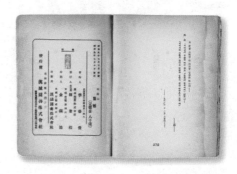

소설가 구보 씨의 일일

박태원

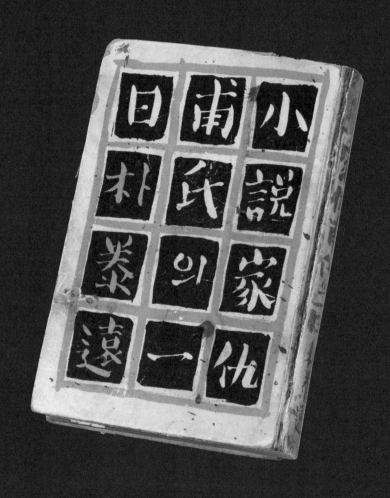

박태원이 『조선중앙일보』에 연재한 소설의 단행본이다. 박태원은
이상, 이효석, 이태준 등과 함께 1930년대 한국 문학을 대표하는 작
가이며, 중편소설 『소설가 구보 씨의 일일』은 『천변 풍경』과 함께 그
에게 문명文名을 안겨 준 대표작이다. 작품은 소설가 구보가 집을
나섰다가 돌아오기까지의 하루를 재현한다. 구보는 하루 종일 청계
천, 종로, 화신백화점, 조선은행, 부청, 경성역 등 식민지 시대에 '경
성京城'이라 불렸던 서울의 이곳저곳을 돌아다니며 사람을 만난다.
이 소설에는 늙은 어머니가 변변한 직업도 없고 돈도 못 버는 아들
을 걱정하는 대목이 나오는데, 실제로 박태원은 생활고에 시달렸다
고 한다. 제목에 사용된 '구보仇甫'라는 이름은 작가 박태원이 사용
한 필명 가운데 하나이다.
이상과 함께 한국 모더니즘을 대표하는 작가로 손꼽히며 전통적인
소설 기법 대신 의식의 흐름이나 몽타주 기법처럼 실험적인 기법을
자유자재로 구사한 점이 돋보인다.

小說家仇甫氏의一日 박태원, 문장사, 1938.

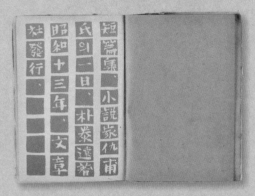

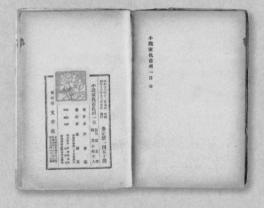

출판사 창문사에서 이상, 박태원, 김소운(왼쪽부터)

박태원은 이상과 함께 구인회의 멤버로 활동하며 기관지 『시와 소설』을 펴내기도 했다. 구본웅의 아버지가 운영한 출판사 창문사 사무실에서 이상, 박태원, 김소운이 함께 사진을 찍었다.

『조선중앙일보』에 연재

1934년 8월 1일부터 32회에 걸쳐 연재한 『소설가 구보 씨의 일일』은 박태원의 실제 생활을 반영한 자전적 소설로, 신문 연재 당시에는 친구 이상이 '하융'이라는 필명으로 삽화를 그려 주었다.

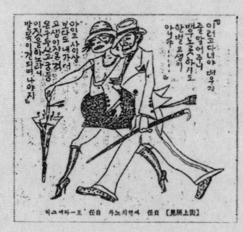

경성의 모던 걸과 모던 보이

경성의 거리를 누비며 근대의 소비를 조장하고 유행의 첨단을 걷는 사람들을 모던 보이나 모던 걸이라고 불렀다. 남자는 나팔바지에 중절모, 여자는 민소매에 미니스커트, 무릎까지 올라오는 반스타킹 차림이었다.

조선호텔, 조선은행 앞 광장, 화신백화점

소설가 구보는 집을 나와 무작정 동대문행 전차를 탄 뒤 조서호텔, 광교, 화신백하점 등 식민지 시대에 경성이라 불렸던 서울의 이곳저곳을 배회한다. 박태원은 대표적인 모더니 스트 작가로 도시 공간의 이미지와 그곳에서의 세속적 삶을 절묘하게 포착하여 표현했다.

천변 풍경

박태원

박태원이 1936년부터 1937년에 걸쳐 잡지 『조광』에 연재했던 소설을 개작해 출
간한 장편소설이다. 처음에는 「천변 풍경」과 「속續 천변 풍경」으로 나뉘어 있었
으나 단행본으로 만들며 『천변 풍경』으로 합쳤다. 이 작품은 연재 당시부터 문
단의 주목을 받으며 박태원의 이름을 널리 알린 대표작이 되었다. 2월 초부터
이듬해 정월 말까지, 청계천을 중심으로 한 경성 사람들의 생활 면면을 생생하게
그렸기 때문에 '세태世態 소설'이라고도 한다.

부의원을 노리는 주사부터 야반도주하는 행랑살이 가족, 카페 여급, 이발소와
한약국의 사환 소년, 당구장 심부름꾼, 포목집 주인과 빨래터 여인 등 각계각층
을 망라한 인물들이 저마다 복잡다단한 생활을 펼쳐 보인다. 서술자가 객관적으
로 풍경을 그리는 데 주력했기 때문에, 읽다 보면 어느새 1930년대 말 청계천변
의 광경이 그림처럼 떠오르는 경험을 하게 된다.

川邊風景 박태원, 박문서관, 1941(재판).

		3	4
1	2		
		5	6

1 뒤표지 **2** 앞표지 **3** 면지 **4** 속표지 **5** 본문 **6** 판권

현대조선문학전집 단편집 중

이상 외

1930년대 후반 조선일보사에서 모두 7권으로 발행한 앤솔로지 조선문학 전집이다. 단편소설은 상중하 3권으로 묶여 있는데, 이 책은 상권이다. 김 동인의 「광염소나타」, 전영택의 「화수분」, 이상의 「날개」 등 작가 11명의 단편 12편이 실려 있다.

 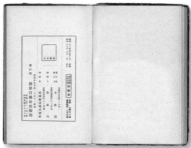

"박제가 되어 버린 천재를 아시오"라는 유명한 구절로 여는 이상의 소 설 「날개」가 이 책에 수록되어 있다. 이 소설은 1936년 9월 잡지 『조광』 에 처음 발표되었다. 33번지 유곽에서 일하는 아내와 무기력한 남편 '나' 의 이야기를 다룬 소설로, 이상의 다른 난해한 작품에 견주면 비교적 쉽 게 읽히면서 상당히 깊은 여운을 남기는 작품이다. '나'는 다 큰 남성인 데도 아내의 방에서 돋보기로 화장지를 태우거나 화장품 냄새를 맡는 등 마치 백치처럼 생활한다. 그러나 소설의 결말에서 '나'는 미쓰코시 백 화점 옥상에 올라가 "날개야 다시 돋아라"고 외치며 절박한 자의식을 드러낸다.

現代朝鮮文學全集 短篇集 中 이상 외, 조선일보사출판부, 1938

소설

이효석 단편선

이효석

『이효석 단편선』은 이효석의 네 번째 단편소설집으로, 1933년 11월 발표한 「수탉」부터 1938년 12월 발표한 「가을과 산양」까지 9편을 수록하고 있다. 이효석의 작품 중 가장 잘 알려진 「메밀꽃 필 무렵」이 실린 책이기도 하다. 1936년 10월 잡지 『조광』에 처음 발표된 이 작품의 원제는 「모밀꽃 필 무렵」이다. '메밀꽃'은 '모밀꽃'을 현행 맞춤법 규정에 따라 표기한 것이다.

이효석은 인간의 자연성을 포착하는 데 탁월한 소질을 지닌 작가였다. 그러한 소질이 잘 드러난 작품이 「메밀꽃 필 무렵」이다. 이 작품은 장돌뱅이 생활을 하는 주인공 허 생원이 조 선달, 동이와 함께 봉평 장을 떠나 대화 장으로 향하는 달밤의 여정을 그리고 있다. 딱 하룻밤 인연으로 생긴 아들과 우연히 마주친다는 설정이 작위적으로 보이기도 하지만, 지극히 서정적인 분위기를 자아내는 배경 덕분에 얽히고설킨 인간의 운명이 아름다운 문장으로 표현되어 있다. 탁월한 시적 묘사와 구성으로 인해 많은 연구자들이 한국 근대 단편소설의 대표작으로 꼽는 작품이다.

李孝石短篇選　이효석, 박문출판사, 1946.

『장삼이사』는 작가 최명익이 1936년 발표한 등단작 「비오는 길」부터 1941년 발표한 「장삼이사」까지 6편의 단편소설을 수록한 작품집이다. 이 소설들은 모두 일제강점기에 발표되었지만 작품집은 해방 후인 1947년에 출간되었다. 이 시기에 최명익은 평양예술문화협회장 등을 역임하는 등 북한 문학계에 깊이 관여하면서, 북한 문화전선사에서 단편집 『맥령』을 출간하기도 했다. 최명익은 자신의 신변사를 소재로 지식인 주인공의 내면을 치밀하게 묘사해 '심리소설'의 대가로 평가받는다. 이 책에 수록된 작품들은 만주사변 이후 일본의 군국주의가 심화되는 1930년대 후반을 배경으로, 사회적 입지를 잃은 지식인의 자의식을 잘 보여 주고 있다.

표제작 「장삼이사」는 흔히 '한국 문학의 암흑기'라고 불리는 1941년에 발표된 소설이다. 주인공 '나'는 북행 열차 삼등칸에 모인 농촌 젊은이, 중년 신사, 당꼬바지 입은 남자, 캡 쓴 청년, 외투를 걸친 여인 등 다양한 인간 군상과 그들이 일으키는 사건을 관찰한다. 일제 말기의 평범한 사람들, '장삼이사張三李四'의 단면을 묘사하면서 그들과 고립된 '나'를 돌아보는 자조적 시선이 돋보이는 작품이다.

張三李四　최명익, 을유문화사, 1947.

소설

상록수

심훈

심훈이 1935년 9월 10일부터 1936년 2월 15일까지 『동아일보』에 연재한 장편
소설 『상록수』를 단행본으로 출간한 책이다. 이 소설은 1935년 8월 동아일보사
가 창간 15주년을 기념해 시행한 장편소설 현상 모집에 당선되어 연재를 시작했
다. 동아일보사는 '조선의 농촌, 어촌, 산촌을 배경으로 명랑하고 진취적인 조선
청년을 주인공으로 삼아 흥미로운 사건을 전개하는' 소설을 공모했는데, 『상록
수』는 이 조건을 모두 충족시킨 작품이었다.

『상록수』는 동아일보사가 열정적으로 펼쳤던 농촌 계몽운동(브나로드 운동)을
소재로 삼아, 농촌 계몽에 투신한 지식인 박동혁과 채영신의 열정을 그린 작품
이다. 여주인공 채영신은 실제 원산여고 출신으로 농촌 계몽운동에 헌신했던 최
용신을 모델로 삼았다고 한다. 작가 심훈이 농촌에 살면서 이 소설을 집필했기
때문에, 농촌의 현실과 농민의 정서가 매우 생생하게 그려져 있다. 배움에 목마른
아이들이 월사금을 내지 못해 교실에서 쫓겨난 후 나무에 올라가 교실을 들여다
보자 채영신이 칠판을 바깥에 내걸어 주는 장면이 인상적인 소설이다.

常綠樹 심훈, 한성도서주식회사, 1936.

동백꽃

김유정

『동백꽃』은 비운의 작가 김유정의 유고 단편소설집으로, 표제작 「동백꽃」을 비롯해 「금 따는 콩밭」, 「봄봄」, 「따라지」, 「만무방」 등 모두 21편의 작품이 수록되어 있다. 김유정은 1935년 「소낙비」와 「노다지」가 신춘문예에 당선되면서 등단했다. 그 후 문인 단체 구인회의 일원으로 이상, 박태원 등과 친하게 지내며 약 2년 동안 정력적으로 창작 활동을 펼쳤다. 우리가 알고 있는 김유정의 대표작들은 모두 이 2년 동안 세상에 나온 것들이다. 그러나 안타깝게도 만 29세의 젊은 나이에 폐결핵에 시달리다 요절하고 만다.

「금따는 콩밭」, 「봄봄」 등 김유정은 농촌을 배경으로 한 소설을 즐겨 썼다. 『동백꽃』의 표제작 「동백꽃」은 1930년대 강원도 산골을 배경으로 당돌한 시골 소녀 '점순'과 '나'의 이야기를 그린 소설이다. 점순의 호의를 좀처럼 알아차리지 못하는 우둔한 '나', 그리고 그런 '나'에게 퉁명스럽게 굴면서도 꾸준히 호감을 표시하는 점순의 이야기는 작가 김유정의 유머와 개성이 잘 드러난 작품이다. 점순이 감자를 내밀며 하는 대사 "느 집엔 이거 없지?", 그리고 소년 소녀가 노란 동백꽃 사이로 풀썩 쓰러지는 장면이 인상적인 소설이다.

동백꽃 김유정, 삼문사전집간행부, 1938.

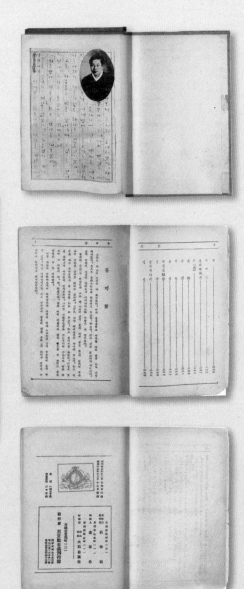

흙의 노예

이무영

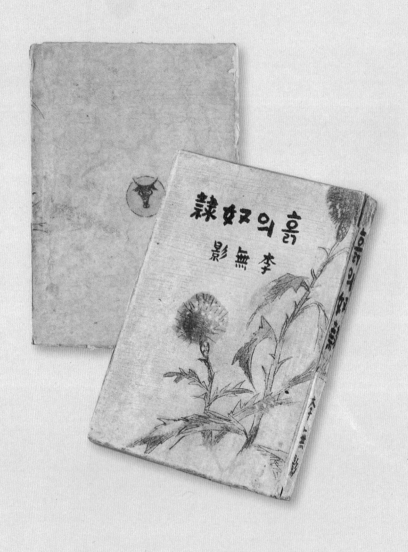

『흙의 노예』는 이기영과 나란히 '농민소설'의 대가로 꼽히는 작가 이무영의 아홉 번째 소설집이다. 표제작 「흙의 노예」를 포함해 「제일과 제일장」, 「누이의 집」 등 7편의 단편소설이 수록되어 있다. 이무영은 1926년에 등단했으나 오랫동안 문단의 주목을 받지 못했다. 그러다 1939년 동아일보사 기자를 사임하고 군포로 내려가 농사를 지으며 쓰기 시작한 농민소설이 주목받기 시작했다. 이무영 농민소설의 개성이 뚜렷하게 드러나는 작품집이 바로 『흙의 노예』이다.

「흙의 노예」는 원래 「제일과 제일장」의 속편이라는 부제를 달고 발표된 소설이다. 도시에서 신문기자로 일하다 목가적인 삶을 꿈꾸며 낙향한 주인공 수택은 자신의 꿈이 얼마나 어리석었는지 깨닫게 된다. 수택은 가재도구를 팔고 신문사에서 고료도 받아서 아버지에게 땅을 사 드리려하지만, 아버지는 양잿물을 마시고 자살한다. 이 비극적인 이야기를 통해 일제의 식민 통치와 지주의 착취라는 이중고를 겪으며 비참하게 살아가는 소작농의 삶을 엿보게 된다.

흙의奴隷 이무영, 조선출판사, 1946.

시

카프 시인집

권환 외

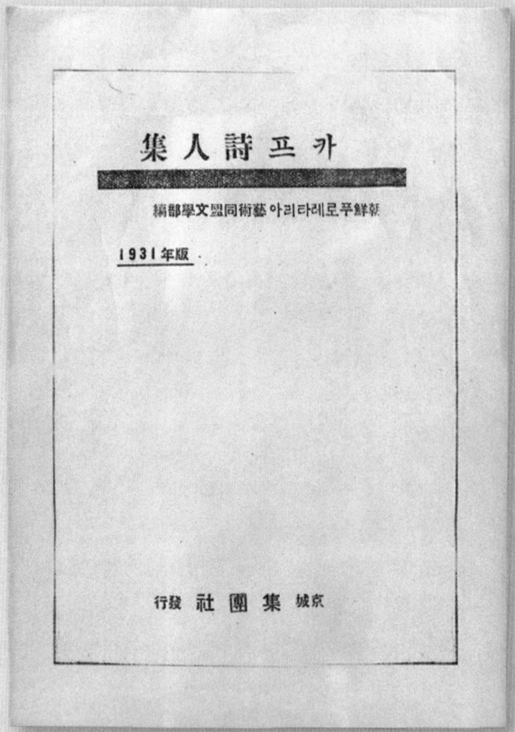

集 人 詩 프 카

編部學文盟同術藝 아리타레로푸鮮朝

1931年版

行發 社團集 城京

『카프 시인집』은 카프 문학부에서 기획되어 나온 시집으로 1931년 11월 집단사에서 발행되었다. 당시 카프 맹원이던 김창술, 권환, 임화, 박세영, 안막 등 다섯 명의 시가 수록되었는데, 많은 구절들이 검열에 의해 삭제되었다. 카프는 1차 방향 전환(1927), 2차 방향 전환(1931)을 거치면서 무산계급 운동을 예술운동 차원에서 실천하고 조직화했다. 전기적 사실이 별로 알려지지 않은 김창술 이외에 권환, 임화, 박세영, 안막은 카프의 2차 방향 전환의 주역들이다.

2차 방향 전환의 핵심은 예술운동의 대중화였다. 현실에서 일어난 노동쟁의나 소작쟁의 등을 제재로 삼거나 혁명적 전위를 형상화하고 계급의식을 고취시키는 작품을 쓰는 것을 창작 지침으로 삼았다. 이 시집에 수록된 대부분의 시들은 노동자나 농민 등 피지배 계급을 정치적으로 선동할 목적으로 다소 직설적이고 거친 언어로 쓰였다. 『카프 시인집』은 카프 시의 성취와 한계를 동시에 보여 준다는 점에서 의의가 있다.

카프詩人集 권환 외. 집단사, 1931(영인본).

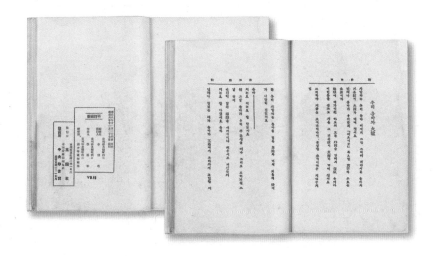

여수 시초

박팔양

박팔양은 시인이자 기자, 평론가로 활동했으며 필명이 김여수金麗水이다. 1923년 『동아일보』 신춘문예에 시 「신의 주酒」가 당선되어 등단했다. 박팔양은 카프의 문예 운동과 다른 편에서 대립각을 세웠던 모더니즘 문학 운동에 모두 참여했다는 점에서 독특한 문학적 이력을 갖고 있다. 서울청년회의 일원으로 1925년 카프에 가담했으나 2년 만에 자진 탈퇴했다. 1934년에는 정지용과 함께 구인회에서 활동했다. 1945년 조선문학가동맹에 가담했고 1946년에 월북했다. 박팔양은 문예총 중앙위원과 작가동맹 부위원장직을 거쳐 최고인민회의 대의원을 지냈다. 1966년 반당종파분자로 숙청되어, 이후의 행적은 알려지지 않았다.

『여수 시초』는 박팔양의 첫 시집이다. 등단 후 20여 년 만인 1940년 3월 박문서관에서 간행되었다. 모두 7부로 구성되었고, 47편의 시가 실렸다. 민중의 생명력을 노래한 시, 생명 친화적인 시, 도시 세태를 비판한 시 등 다양한 경향의 시를 고루 감상할 수 있다. 현실에 대한 관심과 서정성이 공통적으로 나타난다. 해방 전 박팔양의 시 세계를 총체적으로 살펴볼 수 있는 시집이다.

麗水詩抄 박팔양, 박문서관, 1940, 엄동섭 소장.

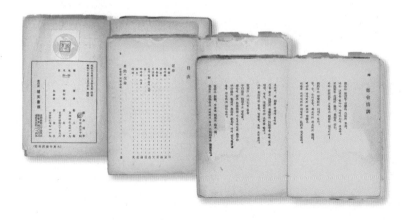

산제비

박세영

박세영은 프롤레타리아문학 운동에 입각한 작품들을 다수 발표했고, 월북 후에는 북한 문학계에서 존경받는 원로 문인으로 남았다. 현실의 모순을 비판하고 계급의식과 혁명의식을 고취하는 시를 주로 썼다. 1935년 일제의 압력으로 카프가 해체되었을 때 박세영은 자신의 신념을 고수하며 끝까지 해체를 반대했다. 일제강점기 말기에는 침묵했으나 해방 후에는 조선문학가동맹에 가담해 활동했다. 1946년에 남한에서는 자신의 이상을 펼칠 수 없다고 판단해 월북했다.

『산제비』는 박세영의 첫 시집이다. 1938년 중앙인서관에서 초판 발행되었다. 모두 40편의 작품이 8부로 나뉘어 수록되었고, 이기영의 '서문에 대해'와 작자의 '자서自序', 그리고 임화의 '발문'이 실렸다. 대표작은 「산제비」이다. "자유의 화신"이며 장엄하고 신비로운 "산제비"는 이상적 존재이다. 산제비에 대한 동경은 미래에 대한 화자의 낙관적 태도를 나타내며 혁명적 낭만주의에 맞닿아 있다고 풀이할 수 있다. 「산제비」는 혁명적 낭만주의를 표상하는 '산제비'라는 새로운 형상을 창조했다는 점에서 의의가 있다.

山제비 박세영, 중앙인서관, 1938.

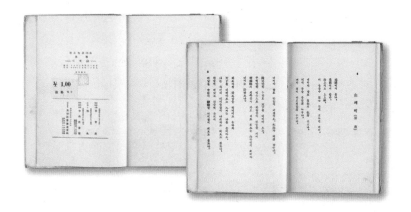

태양의 풍속

김기림

『태양의 풍속』은 김기림의 두 번째 시집으로 1939년 학예사에서
발간되었다. 1930년부터 1934년 가을까지 쓴 90여 편의 시가 실려
있다. 일종의 기획 시집인 『기상도』를 발간하기 전에 쓴 시들로 채
워져 있기 때문에 『태양의 풍속』을 첫 번째 시집으로 보아도 큰 무
리는 없다. 김기림은 서문에서 "너는 나와 함께 어족魚族과 같이 신
선하고 깃발과 같이 활발하고 표범과 같이 대담하고 바다와 같이
명랑하고 선인장과 같이 건강한 태양의 풍속을 배우자"라고 야심차
게 선언했다. 김기림은 1920년대 전반 시단을 지배했던 지나친 감
상과 우울을 배격하고 과학적이고 건강한 시 정신의 중요성을 강조
했다. 태양은 밝고 건강하며 새로운 시 정신을 상징한다. 김기림은
새로운 시 정신에 입각한 혁신적인 시를 발표해 자신의 시학을 입
증하고자 했다. 하지만 『태양의 풍속』에 실린 작품들은 실험적인 경
향의 서구 모더니즘 시와 상당히 유사하다. 식민지의 언어인 조선어
로 동시대적인 첨단을 실현하고자 하는 시적 기획과 야심찬 실험
정신이 돋보이는 시집이다.

太陽의風俗 김기림, 학예사, 1939.

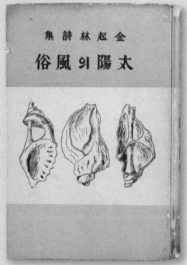

정지용 시집

정지용

集詩溶芝鄭

정지용은 등단했을 때부터 동료와 선후배 문인들의 선망의 대상이
었다. 문예지 『시문학』, 구인회 등에 참가하며 문인들과 활발히 교
류했고, 잡지 『문장』의 시 추천위원으로 재능 있는 신인들을 발굴
하며 중견 문인으로서 위상을 확고히 했다. 일제 말기를 침묵으로
지낸 그는 해방 후 이화여자대학교 교수, 『경향신문』 주간을 역임하
는 등 문인으로서 이력을 이어갔다. 그러나 한국전쟁 중 정치보위
부에 자수 형식으로 출두했다가 행방불명되었다.

『정지용 시집』은 정지용의 첫 번째 시집이며 발간되자마자 시단의
주목을 받았다. 「유리창1」, 「향수」 등 널리 알려진 시인의 대표작을
비롯해 모두 87편의 시와 2편의 산문이 수록되어 있다. 이 시집에
는 정지용 초기 시의 특징인 모더니즘 경향이 두드러진다. 사물을
감각적으로 인식해 세련되고 정확한 언어로 표현하는 시인의 재능
이 유감없이 발휘된 시집이다.

鄭芝溶詩集 정지용, 시문학사, 1935.

**도시샤 대학의
정지용과 윤동주의 시비**

정지용과 윤동주가 유학한 도시
샤 대학에는 정지용과 윤동주의
시비가 나란히 놓여 있다.

압천鴨川 십 리 벌에 해는 저물어… 저물어…

도시샤 대학이 있는 교토에 흐르는 강이 압천(가모
가와)이다. 정지용은 「압천」이라는 시에서 자신의
눈에 비친 조선인 노동자의 모습을 그렸다.

영랑 시집

김영랑

『영랑 시집』은 영랑 김윤식의 첫 시집이다. 친분이 두터웠던 박용철이 운영하던 시문학사에서 1935년 11월에 간행되었다. 70여 쪽에 걸쳐 53편의 작품이 수록되었는데, 『시문학』과 『문학』에 발표된 시들이 대부분이다. 시집에는 '내 마음'에 대한 시적 탐구가 주로 나타난다. '내 마음'은 고통스러운 부정적 현실이 배제된 순수 서정의 세계이다. 이 시집의 특색은 발표 당시의 제목을 없애고 일련번호로만 구분했다는 점이다. 시집을 편집하고 장정을 담당한 사람은 박용철이다. 박용철이 형식과 정서와 운율이 긴밀히 결합된 김영랑의 시에 깊이 매료되었다는 것은 잘 알려진 사실이다. 박용철은 독자들이 김영랑 시 특유의 서정을 음미하기를 바랐기 때문에 제목을 삭제했다. 『영랑 시집』은 한국어에 내재된 서정성과 음악성을 세련된 형식으로 완성도 높게 실현했다.

永郎詩集　김영랑, 시문학사, 1935.

이상 선집

이상

이상은 회화, 건축, 시, 소설 등 다방면의 예술 분야에서 천재성을 드러냈지만, 불안정한 삶을 지속하다가 이른 나이에 생을 마감했다. 25세 때 구인회에 가입하면서 본격적으로 문학 활동을 시작했다. 『이상 선집』은 최초의 '이상 전집'이다. 김기림이 이상이 남긴 글들을 모아 1949년 백양당에서 출판했다. 이 선집은 작가 이상을 가장 잘 이해하고 있던 김기림이 편집했다는 점에서 의미가 있다. 소설가 박태원에게 소개받아 처음 이상을 만났던 순간을 김기림은 "나는 곧 그의 비단처럼 섬세한 육체는, 결국 엄청나게 까다로운 그의 정신을 지탱하고 섬기기에 그처럼 소모된 것이라 생각했다"라고 회고했을 정도로 이상의 내면을 이해하는 사람이었다.

대표작인 「오감도烏瞰圖」 연작은 이태준의 소개로 『조선중앙일보』에 1934년 7월 24일부터 8월 8일까지 연재한 작품이다. '난해시'로 독자들의 비난을 사게 되자 연재가 중단되었다. 시에 대한 고정관념을 해체한 파격적인 작품이라는 점에서 문학사적으로 중요하다.

李箱選集 이상, 백양당, 1949.

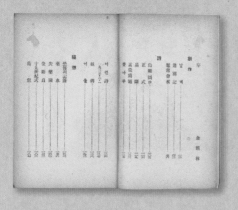

경성고공 재학 시절 화실에서 이상

경성고등공업학교 건축과(지금의 서울대학교 공과대학
건축학과)에 진학한 이상은 교내 미술전람회에서 우등
상을 받았을 정도로 그림에도 뛰어난 소질을 발휘했다.

경성고공 동기생들의 친필

오른쪽 위 "보고도 모르는
것을 폭로시켜라! 그것은 발
명보다 발견! 기기에도 노력
은 필요하다"라고 적은 것이
이상의 글씨이다.

시

기상도

김기림

『조선일보』 기자로 활동했던 김기림은 시인이자 이지적이고 냉철한 비평가로 명성이 높았다. 1930년대에는 이미지즘과 주지주의 경향의 모더니즘의 시론을 적극적으로 소개했고, 그러한 경향의 시를 집중적으로 썼다. 창문사에서 1936년에 초판 발행된 『기상도』는 김기림의 첫 시집이다. 김기림과 친분이 두터웠던 시인 이상이 『기상도』의 장정을 맡았다.

시집 전체가 장시 「기상도」 1편으로 이루어졌다. 모두 420여 행으로, 「세계의 아침」, 「시민 행렬」, 「태풍의 기침 시간」, 「자최」, 「병든 풍경」, 「올빼미의 주문」, 「쇠바퀴의 노래」 등 7부로 구성되어 있다. 1, 2부는 태풍이 발생하기 전, 3, 4부는 태풍의 발생과 진행, 5, 6부는 태풍 후의 파괴된 풍경, 7부는 기상이 정상으로 회복되기를 바라는 화자의 소망을 노래한다. 「기상도」는 발표 당시부터 임화, 박용철, 최재서 등 당대 최고의 비평가들이 앞다투어 작품평을 발표할 정도로 문단의 주목을 받았다.

氣象圖 김기림, 창문사, 1936.

1	2
	3
	4

1 앞표지 **2** 속표지 **3** 본문 **4** 판권

빛나는 지역

모윤숙

모윤숙은 호수돈여고를 나와 이화여전(지금의 이화여자대학교) 영문
과를 졸업했다. 졸업 후에는 간도 용정에 있는 명신여학교의 영어
교사로 부임했다. 1931년 주요한의 청탁으로 「피로 색인 당신의 얼
굴을」을 『동광』에 발표하며 등단했다. 1933년 조선창문사에서 간행
된 『빛나는 지역』은 모윤숙의 첫 시집이다. 『빛나는 지역』이 출간되
자 문단의 반응은 모윤숙을 조선 최초의 현대적 여성 시인으로 규
정할 정도로 뜨거웠다. 이광수는 "조선말을 가지고 조선 민족의 마
음을 읊은 여시인女詩人으로는 아마 모윤숙 여사가 처음일 것이다"
라고 평했고, 김기림도 "조선이 가진 오직 하나뿐인 여류시인"이라
며 모윤숙을 상찬했다.

권두에는 김활란과 이광수의 '서序', 시인의 '자서'가 있고, 모두 105편
의 시가 4부로 나뉘어 수록되어 있다. 시인은 자서에서 "저는 생명
의 닻줄을 조선이란 외로운 땅에 던져 놓고 운명의 전주곡을 타 보
았으면 하는 자입니다"라고 썼다. 기독교적 희생정신을 바탕으로 민
족에 대한 시인의 헌신적인 태도가 대담하고 정열적인 언어로 표현
되어 있다.

빛나는地域 모윤숙, 조선창문사출판부, 1934(재판).

시

노산 시조집

이은상

『노산 시조집』은 이은상의 첫 번째 시조집이다. 1932년 4월 한성도서주식회사에서 간행되었다. 발간 당시 재판까지 절판될 정도로 당대의 베스트셀러였다. 가곡으로 널리 애창된 「고향 생각」, 「가고파」, 「성불사의 밤」 등 모두 270여 수의 시조가 실렸다. 옛 시조의 음풍농월에서 벗어나, 향수, 인생무상, 자연 예찬이 주제인 작품들이 대부분이다. 노산은 시집의 서문에서 1923년부터 10년 동안 쓴 740여 수에 이르는 작품 중에서 선별해 수록했음을 밝혔다.

작품이 창작된 1920년대는 카프 문학의 계급주의 노선에 대항해 국민문학파가 적극적으로 시조 부흥 운동을 펼쳤던 시기이다. 이은상은 초기에는 인생무상을 주제로 한 자유시를 주로 썼으나, 1926년 시조 부흥 운동이 본격화되면서 전통 문학과 국학에 관심을 갖고 시조 창작에 몰두했다. 전통 시가인 시조를 현대 정서에 알맞게 창작하는 동시에 대중화하는 데 크게 기여했으며 가람 이병기와 함께 현대 시조의 전통을 일군 선구자로 평가받는다.

鷺山時調集 이은상, 한성도서주식회사, 1933(재판).

1935~1945

엄혹한 시절에 문학의 꽃을 피우다

····· 1930년대 후반, 한국 근대문학은 일본 제국주의의 전면적 탄압에 직면했다. 일본 제국주의는 이 시기 군국주의 파시즘 체제로 전환되어 중일전쟁(1937)을 일으키고 대동아공영권을 표방하는 한편 미국을 대상으로 한 태평양전쟁(1941)에 돌입했다. 식민지 주민에게는 애국반 참여, 신사참배 강요 등 가혹한 통제 정책을 시행하고 밥그릇 같은 생활물자마저 수탈해 갔을 뿐만 아니라 전쟁에 동원하기 위해 강제징용을 실시하기에 이르렀다. 1940년을 넘어서부터는 각종 신문과 잡지를 폐간시키고 한글 사용도 금지시켰다. 또한 문인들에게도 일제 당국의 통제와 검열, 전향, 국가 시책에의 협조가 강요되었다. 카프의 강제 해산(1935)은 그 첫 신호탄이었다. 일제 말기에는 학병이나 징용을 권유하고 일본 제국주의를 찬양하는 친일 문학으로 경도되는 작가들도 생겨 우리 근대문학은 암흑기를 맞이했다.

이러한 상황에서 작가들은 시대의 문제를 치열하게 고민했으며 새로운 창작의 길을 찾아 다양한 방식으로 현실을 형상화했다. 흔히 암흑기로 불리는 시대이지만, 이 시기에 거둔 문학적 성과는 결코 작다고 할 수 없다. 일제의 탄압으로 자신의 이념이나 존재 이유를 근본적으로 고민하는 지식인 소설들이 본격적으로 창작되었으며, 악화된 현실의 근원을 캐기 위해 장편 가족사 연대기 소설들도 발표되었다. 가족사 연대기 소설은 한 가족의 역사를 연대기적으로 보여 줌으로써 현재에 이르게 된 과거를 되돌아보고 이를 바탕으로 새로운 미래의 길을 찾아보고자 한 시도였다.

한편, 1930년대 중후반에는 역사소설이 크게 유행했는데, 이는 1920년대 중반 이후 높아진 우리 역사에 대한 관심과 신문의 상업적 저널리즘에 힘입은 결과였다. 또한 1930년대는 근대화가 상당하게 진행된 시기이기도 했다. 1930년대 후반에는 식민지 근대화에 대한 문제제기를 하려는 흐름이 있었는데, 이태준과 김동리가 대표적이다. 이들은 점차 사라져가는 우리 것들에 대한 아쉬움을 표시하거나 근대적 합리성에 맞선 비합리성을 표방함으로써 자본주의 근대화에 저항하고자 했다.

유진오 단편집

유진오

소설, 희곡, 수필, 평론 등 다방면에서 문필 활동을 펼친 작가 유진오의 단편소설을 묶은 소설집이다. 이 소설집은 1939년 학예사가 기획한 '조선문고' 시리즈로 출판되었다. 학예사는 문학, 철학, 과학 등 각 분야에서 고전을 엄선한 후, 싼값에 사서 들고 다니기 좋은 형태로 출판해 대중에게 보급하고자 '조선문고'를 구상했다. 그리고 '조선문고'의 주력 기획 중 하나가 한국 문학을 대표하는 작가의 단편소설집 출판이었다.

『유진오 단편집』에는 「창랑정기」, 「스리」 등 유진오가 1920년대 후반부터 1930년대 후반까지 약 10여 년에 걸쳐 발표한 단편소설이 실려 있다. 대표작 「김강사와 T교수」처럼 변화하는 시대에 처한 지식인 문제를 소재로 한 소설들이 눈에 띈다. 「김강사와 T교수」는 유진오가 경성제국대학 예과에서 강사로 일할 때의 체험을 바탕으로 쓴 작품으로 알려져 있다. 이 작품은 대학 내 지식인들의 파벌 대립을 소재로 식민지 시대의 일본인과 조선인 간의 권력 갈등을 그리고 있다. 무력한 지식인이 느끼는 자괴감이 인상적으로 드러난 작품이다.

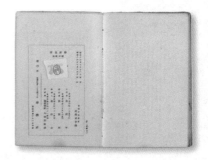

俞鎮午短篇集 유진오, 학예사, 1939.

김남천의 작품 「생일 전날」, 「오디」, 「경영」, 「맥」 등 6편의 단편소설을 모아 펴낸 단편집이다. 이 소설들은 모두 일제강점기 말기인 1938년에서 1941년 사이에 발표되었지만, 단행본은 해방 후인 1947년에 출간될 수 있었다. 김남천은 사회주의 예술운동 단체인 카프에서 활발히 활동하면서, 항상 사회주의의 관점에서 식민지 조선의 현실을 재현하려 부단히 노력했다. 『맥』에 수록된 작품들은 앞이 안 보이는 식민지 시대를 살아가는 지식인의 내면을 짙게 반영하고 있다.

표제작 「맥麥」은 자기 삶을 찾아가는 여성 최무경이 주인공으로 등장하는 소설이다. 사회주의 운동가 오시형의 옥바라지와 홀어머니 봉양에 골몰하던 최무경은 출옥한 오시형이 다른 여자와 정혼하고 어머니도 재혼을 하자, 자기 삶을 찾기로 결심한다. '맥'이라는 제목은 최무경이 허무주의자 이관형과 나눈 대화에 등장하는 말이다. 이관형이 보리麥처럼 땅속에 묻혀 꽃을 피울 것인가 아니면 갈려서 빵이 될 것인가를 묻자, 최무경은 땅속에 묻혀 꽃피우기를 기다리겠다고 대답한다.

麥 김남천, 을유문화사, 1947.

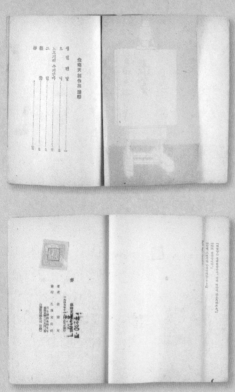

아파트를 배경으로 한 최초의 소설

『맥』에서는 주인공 최무경이 사는 야
마토 아파트가 작품의 중요한 배경
이다. 작품의 실제 모델이 되었던 야
마토 아파트는 지금 헐리고 없지만,
1930년에 세워져 지금도 남아 있는
충정아파트는 작품 속의 아파트와
매우 흡사하다.

야마토 아파트에서 서대문 형무소로

『맥』은 전작인 『경영』과 연작이다. 『경영』에서 최무경은 서대문 형무소
에 수감된 애인을 기다리며 애인이 출소하면 살 수 있도록 야마토 아
파트에 방을 얻어 둔다. 무경은 아파트 앞에서 전차를 타고 서대문에
서 내려 애인을 면회한다.

대하

김남천

김남천의 첫 장편소설로, 1939년 인문사가 기획한 '전작全作 장편소설' 시리즈의 1권으로 간행되었다. '전작 장편소설'이란 신문 연재처럼 여러 회로 나누어 발표한 후 묶어서 출간하는 것이 아니라, 한꺼번에 전체를 발표하는 장편소설을 말한다. 김남천은 1930년대 카프 내에서 창작과 비평 양면에 걸쳐 주도적 역할을 하며 사회주의의 문학적 실천을 치열하게 고민한 작가이다. 그는 '자기고발론', '관찰문학론', '풍속론', '모럴론' 등 다양한 창작 방법을 고안해 이를 자신의 작품에 적용하려 했는데, 그 대표적 성과가 바로 장편소설『대하』이다.

『대하』는 가족사 연대기 형태를 취한 소설로 박성권 집안 5대를 중심에 두고 당대 사회 세태의 변화를 풍부하게 묘사했다. 개화와 전쟁이라는 시대의 변화를 타고 큰 재산을 모으는 데 성공한 박성권과 그의 네 아들 이야기를 줄거리로 삼고 있다. 해방 후『동맥』이라는 제목으로 속편의 일부가 발표되었으나 완결하지는 못했다.

大河 김남천, 백양당, 1947.

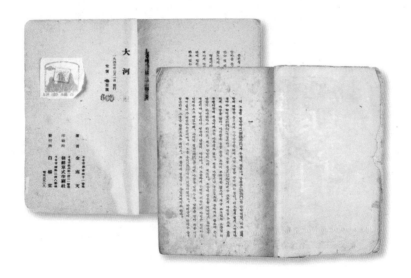

식민지 조선을 살아가는 하층민의 삶에 천착한 작가 이기영의 장편소설
이다. 이 작품은 식민지 시대 말기인 1940년부터 1941년까지 『동아일
보』와 잡지 『인문평론』에 연재되었는데 『동아일보』 폐간과 총독부의 검
열로 두 차례나 중단되는 운명을 겪어야 했다. 이기영이 월북한 후인
1942년 대동출판사에서 처음으로 단행본으로 나왔다.

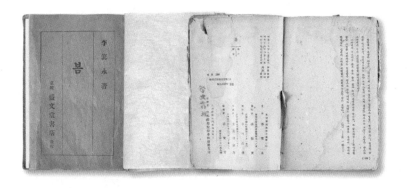

『봄』은 한 소년의 성장 과정을 통해 러일전쟁 직후부터 한일병합조약에
이르는 시기를 배경으로 근대화가 가져온 풍속과 의식의 변화를 풍부하
게 포착하고 있다. 실제 작가는 1895년 충청남도 아산에서 태어나 어린
시절을 천안에서 보냈는데, 이때의 체험이 『봄』의 바탕이 되었다고 한다.
이 소설의 주인공은 무과武科에 급제해 관립 무관학교에 입학하지만 낙
향해서 마름이 된 유춘화와 신교육을 받으며 개화사상을 갖게 된 그의
아들 석림이다. 유춘화는 변하는 시대에 발맞추며 살아남으려고 발버둥
치지만, 석림의 혼사 비용과 사립학교 기부금으로 빚을 진 채 금광에 손
을 댔다가 파산하고 만다. 석림은 고학을 하면서두 미래에 대한 희망을
잃지 않는다.

봄 이기영, 성문당, 1944(재판).

탑

한설야

한설야가 1940년 8월부터 1941년 2월까지 『매일신보』에 연재했던 장편소설을 묶어 출간한 단행본이다. 신문 연재분은 총 157회인데, 1942년 매일신보사에서 간행된 단행본에는 155회부터 3회분에 해당하는 원고가 누락되어 있다. 이후 1956년 10월 조선작가동맹출판사가 재간행했을 때에는 고유의 풍속과 전통을 강조하는 내용이 추가되면서 13장에서 18장으로 분량이 늘어나기도 했다. 김남천의 『대하』, 이기영의 『봄』과 함께 식민지 시대 말에 구상된 가족사 연대기 소설을 대표하는 작품으로 손꼽힌다.

『탑』은 함경도 양반 집안의 아들 우길의 성장사를 통해 봉건적 사회구조의 붕괴와 자본주의 세력의 성장을 그린 소설이다. 러일전쟁 직후부터 한일병합조합까지의 함경도와 서울을 배경으로 개화기의 풍속과 변화하는 세태가 다채롭게 묘사되어 있다. 변화하는 시대에 수단을 가리지 않고 돈 모으기에 혈안이 된 박 진사와 탐욕스럽고 완고한 아버지에게 반항하는 둘째 아들 우길의 갈등을 따라 이야기가 펼쳐진다. 우길은 사상운동에 뛰어들었다가 결국 체포되고 아버지와도 결별하는데, 채만식의 『태평천하』의 결말을 묘하게 상기시킨다.

탑 한설야, 매일신보사출판부, 1942.

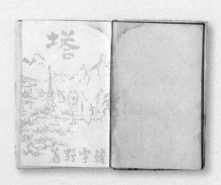

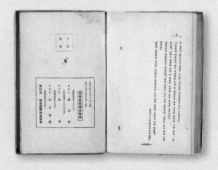

이태준 단편집

이태준

출판사 학예사가 기획한 조선문고로 출간된 이태준의 단편집이다. 학예사는 김남천, 이효석, 채만식, 유진오 등 당대 저명한 작가들의 단편집을 기획해 잇달아 출간했는데, 이 책도 그중 한 권이다. 1941년에 간행된 『이태준 단편집』은 식민지 시대에 이태준이 출간한 마지막 단편집으로, 식민지 시대 말기를 살아가는 작가의 심리와 감정이 짙게 배어 나오는 작품을 다수 수록하고 있다.

대표작은 「패강랭」이다. '패강浿江'이란 대동강의 다른 이름으로, '패강랭'이라는 제목은 '대동강이 얼어붙는다'는 뜻이다. 대동강처럼 깊고 도도한 강이 얼어붙을 정도로 엄혹한 시대 현실을 암시하는 표현이다. 주인공 현은 평양 곳곳을 거닐며 다양한 인간 군상을 보다가, 대동강 가에 이르러 『주역周易』에 등장하는 '이상견빙지履霜堅氷至'라는 구절을 떠올린다. '서리를 밟을 때가 되면 얼음이 얼 때도 곧 닥친다'는 뜻이다. 지금까지의 힘든 날은 '서리'에 불과하고, 앞으로는 '얼음'처럼 더욱 냉혹한 날들이 닥칠 것을 예감하는 주인공의 심리 묘사가 인상적인 작품이다.

李泰俊短篇集 이태준, 학예사, 1941.

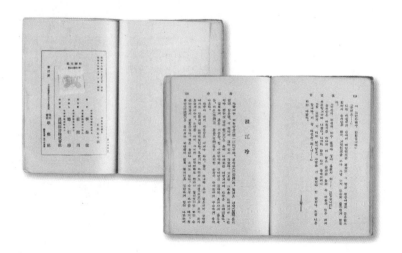

황토기

김동리

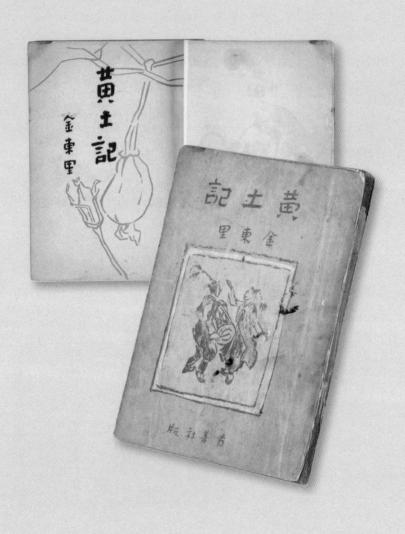

『황토기』는 김동리의 두 번째 단편집으로 단편소설 8편을 수록한 책이다. 이 책에 실린 작품 8편 중 2편을 제외하고는 모두 해방 이전에 쓰여졌다. '가장 한국적인 작가'라고도 평가받는 김동리는 대표작 「무녀도」, 「화랑의 후예」, 「산화」 등에서 뚜렷하게 드러나듯 토속색 강한 작품으로 잘 알려져 있다. 표지에 그려진 마주 보며 장구춤을 추는 두 사람의 모습이 김동리의 작품 세계와 잘 어울린다. 표지 그림은 일본과 프랑스 파리에서 활동하며 명성을 얻은 서양화가 남관이 그렸다.

이 책의 표제작 「황토기」는 김동리의 개성이 선명하게 드러난 대표작이다. 1939년 5월 잡지 『문장』에 처음 발표되었으며 한국의 전통적 '영웅'의 인상 깊은 말로를 소재로 삼다. 황토골의 장사 억쇠와 득보는 다른 시대였다면 구국의 영웅이 될 수도 있었겠지만, 「황토기」의 세계 속에서는 제대로 힘을 쓸 만한 기회를 만나지 못한다. 이들은 술로 세월을 보내며 분이를 두고 겨루는 데 힘을 쓸 뿐이다. 승천하지 못한 용의 피와 맥이 끊기면서 산에 흘린 피로 황토골이 이루어졌다는 설화가 초두에 배치되어 이들의 운명에 신화적인 색채를 더한다.

黃土記 김동리, 수선사, 1949.

소설

임꺽정

홍명희

홍명희의 장편 역사소설 『임꺽정』은 1928년부터 1939년에 걸쳐 『조선일보』에 연재되며 수차례 중단을 겪었으며, 『조선일보』 폐간 후인 1940년에는 잡지 『조광』으로 옮겨 연재되었다. 그러나 결국 완성을 보지 못한 비운의 소설이다. 이 소설은 「봉단편」, 「피장편」, 「양반편」, 「의형제편」, 「화적편」 등 5편으로 나뉘어 구성되었는데, 그중 「의형제편」과 「화적편」이 조선일보사출판부에서 총 4권으로 출간되었다.

『임꺽정』은 식민지 시대에 발표된 역사소설 중 가장 규모가 장대한 대하소설이다. 미완이기는 하지만 단행본 10권에 이르는 방대한 규모를 자랑한다. 이 소설은 16세기 중반 연산군 시대와 명종 시대를 아우르는 조선 중기의 역사를 민중에 초점을 맞춰 사실적으로 재구성했다. 개성 넘치는 인물들과 박력 있는 서사, 치밀하게 재현된 조선 시대의 일상 묘사가 탁월한 작품이다.

林巨正 第一卷 義兄弟篇 上　홍명희, 조선일보사출판부, 1939.
林巨正 第二卷 義兄弟篇 下　홍명희, 조선일보사출판부, 1939.
林巨正 第二卷 火賊編 上　홍명희, 조선일보사출판부, 1939.
林巨正 第四卷 火賊編 中　홍명희, 조선일보사출판부, 1940.

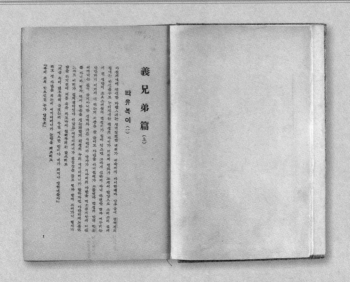

『임꺽정』 1권 의형제편(상)의 본문(위)과 판권(아래)

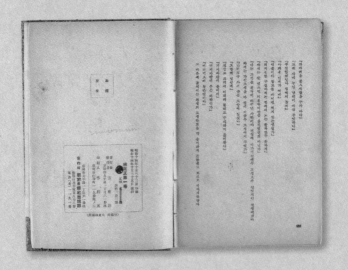

근대의 대표 역사소설 『임꺽정』

『조선일보』에 연재할 당시 홍명희가 신간회 활동으로 수감되어 연재가 끊기자, 총독부에는 소설을 연재하게 해달라는 편지가 빗발쳐 홍명희는 감옥에서도 연재를 계속할 수 있었다. 작가의 월북으로 오랫동안 금서였던 『임꺽정』은 영화, 드라마, 만화, 애니메이션 등으로 끊임없이 재창작되었으며, 주인공 임꺽정은 의적의 대표 캐릭터로 자리 잡았다.

현대조선여류문학선집

강경애 외

『현대조선여류문학선집』은 1937년 조선일보사가 기획하고 발간한 작품집이다. 시, 소설, 수필 등 모든 장르에서 당시 활동하던 여성 작가들을 충실하게 망라해 소개하고자 한 의도가 강하게 드러난다. 제목 그대로 '현대 조선에서 활동하는 여성 작가의 작품들'을 모아 엮은 책이기에 주제나 스타일은 일관되지 않지만 강경애, 김말봉, 노천명, 모윤숙, 박화성, 백신애, 장덕조, 최정희 등 당대를 대표하는 여성 작가들의 작품이 골고루 실려 있다.

『현대조선여류문학선집』 수록작 가운데 「꺼래이」라는 작품은 백신애를 대표하는 단편소설이다. '꺼래이'란 '고려'를 러시아식으로 발음한 말로, 러시아인이 조선인을 낮춰 부르던 명칭이다. 작가는 이 작품에서 궁핍한 식민지 조선의 삶에서 벗어나고자 러시아로 떠난 가족이 겪는 고난, 그리고 민족의 구분을 넘어 피어나는 고통받는 이들의 연대를 그려 보였다. 이처럼 사실주의적인 백신애의 작품과 달리, 함께 실린 최정희의 「흉가」는 한 인간의 복잡하고 뒤틀린 심리를 드라마틱하게 묘사한 소설이다. 생활고로 흉가에서 살게 된 주인공이 겪는 심리적인 압박과 공포가 생생하게 그려져 있다.

現代朝鮮女流文學選集 강경애 외, 조선일보사출판부, 1937(재판).

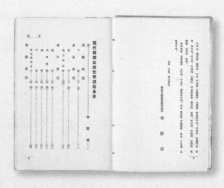

찔레꽃

김말봉

찔레꽃

1937년 『조선일보』에 연재되었던 장편소설 『찔레꽃』의 단행본이다. 작가 김말봉은 1935년 『동아일보』에 첫 번째 장편소설 『밀림』을 발표했는데, 『밀림』이 굉장한 인기를 얻자 『조선일보』 편집국장이 작가에게 요청해 『찔레꽃』을 연재하게 되었다고 한다. 1939년 인문사에서 단행본으로 출간된 이듬해 초에 3쇄를 찍을 정도로 큰 인기를 누렸다. 당대의 저명한 평론가 임화는 『찔레꽃』이 대중소설의 수준을 넘어서 '성격과 환경의 통일을 보여 주었다'고 평가했다.

『찔레꽃』은 '찔레꽃'처럼 순결한 여성 안정순을 중심으로 전개되는 복잡한 연애 관계를 따라가는 소설이다. 아름답고 지적인 안정순은 총명하고 준수한 이민수와 약혼한 사이이지만, 안정순을 가정교사로 들인 은행장 조만호가 그녀를 탐내게 된다. 그러는 사이 만호의 아들 경구와 딸 경애가 정순과 민수에게 각각 사랑을 느끼게 된다. 이 복잡한 애정 관계가 마침내 사람을 찌르기에 이르는 파탄으로 나아가는 사이, 민수는 소문만 듣고 정순을 오해하는 잘못을 저지른다. 오해가 밝혀진 후 민수는 용서를 빌지만 정순은 끝내 민수를 받아들이지 않는다.

찔레꽃 김말봉, 합동사서점, 1948(7판), 개인 소장.

현해탄

임화

현해탄

임화

임화는 문학뿐 아니라 평론, 영화, 연극, 미술 등 예술의 각 분야에 적극적으로 참여했으며 김수영을 비롯한 여러 후배 시인들의 동경의 대상이었다. 카프 맹원으로 활동하며 「우리 오빠와 화로」, 「네거리의 순이」 등의 작품을 통해 계급 의식을 고취하고 대중성까지 획득한 단편 서사시를 잇달아 발표했다. 프롤레타리아문학 운동에서 두각을 나타냈으며 '조선의 발렌티노'라고 불릴 정도로 수려한 외모도 유명했다.

『현해탄』은 임화의 첫 번째 시집이다. 1934년 6월부터 1937년 사이에 쓴 시를 묶어 1938년 동광당서점에서 발간했다. 41편의 시와 그가 쓴 '후서後書'로 구성되어 있다. 「네거리의 순이」 등을 제외하면 수록 작품은 대부분 카프 해산 후에 창작되었다. 바람 거세고 파도 높은 '현해탄'은 위기로 가득 찬 힘겨운 현실에 대한 은유이자 청년들의 투쟁 의지와 미래에 대한 의지를 북돋우는 매개체이다. 현실의 불행에 굴하지 않고 용감하게 전진하는 청년의 낭만적 기질이 형상화된 시집이다.

玄海灘 임화, 동광당시집, 1938.

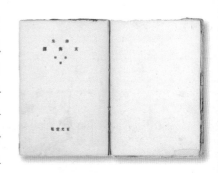

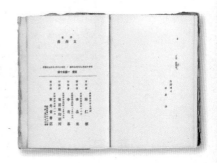

헌사

오장환

오장환은 시인이자 출판인으로 활발히 활동했다.『조선문예』1933년 11월 호에 시「목욕간」을 발표하며 등단했다. 서정주, 김동리, 김상원 등과 '시 인부락'을 결성해 활동하기도 했다. 정지용의 제자였던 오장환은 김기림, 임화, 박용철에게 고루 인정받았을 정도로 문단의 총아였다. 해방 후 좌 익 계열 문인들과 함께 활동하다 월북했다.

두 번째 시집『헌사』는 그가 운영했던 '남만서방'에서 1939년 7월 발행 했다. 남만서방은 오장환이 서울 종로구 관훈정에 직접 설립하고 경영한 서점 겸 출판사였다. 서점에는 한정본, 호화본, 진귀본 등 쉽게 구할 수 없는 책들이 가득했다. 또한 오장환은 자신과 동인들의 시집을 한정본, 특제본, 호화본으로 직접 간행했다. 그가 출판한 동인의 시집으로는『와 사등』과『화사집』이 있다. 표지에는 주황색과 진초록색 화려한 문양을 사용했다. 속지는 한지를 썼다. 발문이나 서문 없이 모두 17편의 시를 수 록했다. 대표작으로「The Last Train」등이 있으며 출구 없는 암울한 시 대를 방황하는 청춘의 비애와 절망이 주로 드러나 있다. 식민지 시대 말 기 청년의 어두운 내면을 절실하게 그려 낸 시집이다.

獻詞 오장환, 남만서방, 1939.

낡은 집

이용악

이용악은 시인이자 기자로 활동했다. 1935년 『신인문학』 3월호에 「패배자의 소원」을 발표하면서 등단했다. 같은 '시인부락' 동인이었던 서정주, 오장환과 마찬가지로 문단의 주목을 받으며 활동했다. 일본 유학 시절에는 가난으로 인해 고생했고, 방학 중에는 간도에 사는 조선 동포들의 비참한 삶을 보고 들었다. 궁핍한 삶에서 오는 고통을 누구보다 잘 알았던 시인이었다. 1940년 10월 『인문평론』에 「오랑캐꽃」을 발표했는데, 시단과 일반 독자들로부터 크게 찬사받았다.

『낡은 집』은 이용악의 두 번째 시집으로 1938년 일본 도쿄의 삼문사에서 발행되었다. 모두 15편의 시가 실려 있는 얇은 책이다. '꼬리말'에서 시인은 "새롭지 못한 느낌과 녹슨 말로써 조그마한 책을 엮었으니 이 책을 『낡은 집』이라고 불러 주면 좋겠다"라고 썼다. 시인의 겸손한 말과는 달리, 평이하면서도 서정적인 언어로 식민지 시대 말기 가난한 민중의 비극적 현실을 장황하지 않게 드러냈다는 점에서 이 시집이 거둔 성취는 분명하다. 특히 표제작인 「낡은 집」은 야반도주하다시피 고향을 등진 털보네 일가의 비극적 사연을 통해 농촌공동체의 몰락을 효과적으로 그려 낸 수작이다.

낡은집 이용악, 도쿄 삼문사, 1938.

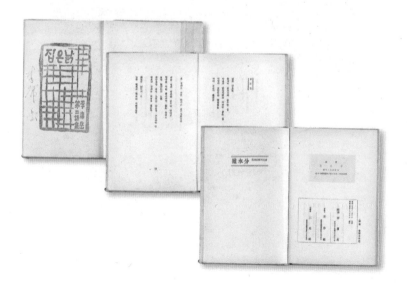

동결

권환

권환이 발표한 시들은 계급의식과 투쟁 의식을 격렬하게 고취하는 것으로 프롤레타리아문학 운동의 정신을 단적으로 보여 준다. 권환은 1935년 카프 해산 때 중심인물로 지목되어 구속되었다가 집행유예로 풀려났다. 카프 해산 후에는 일상을 제재로 삼은 서정시를 많이 썼으며 임화와 가깝게 지냈으며 해방 후에는 조선문학가동맹에 가담했지만, 월북한 다른 문인들과 달리 마산에 낙향해 여생을 보냈다.

『동결』은 권환의 세 번째 시집이다. 1946년 건설출판사에서 펴냈다. 문단의 암흑기였던 태평양전쟁 시기에 펴낸 『자화상』(1943)과 『윤리』(1944)에 수록되었던 시 중에서 발췌한 44편, 그리고 미발표 산문시 1편 등 모두 45편을 수록했다. 『동결』에서는 선전, 선동, 혁명, 그리고 교술성이 강력하게 나타난 시를 찾아보기 어렵다. 발간 직후 건설출판사에서는 "프로 시단을 꿋꿋이 지켜온 귀중한 시인이다. 무산계급의 정서 정열을 대담히 소박하게 읊은 시집"이라고 광고했다. 농촌을 배경으로 감회에 젖은 화자의 반성적 태도를 소박한 언어로 읊은 시집이다.

凍結 권환, 건설출판사, 1946.

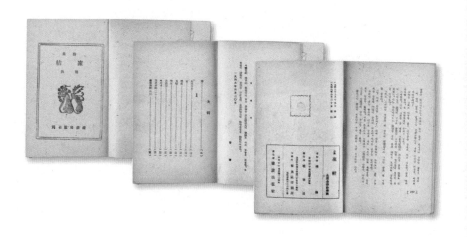

사슴

백석

백석은 '시인이 사랑하는 시인'으로서 오랜 시간 폭넓은 사랑을 받았다. 1930년 『조선일보』 신년 현상 문예에 소설 「그 모母와 아들」이 당선되었다. 본격적인 시작詩作 활동은 1935년에는 『조선일보』에 시 「정주성」을 발표하며 시작했다. 1936년 1월에는 첫 시집인 『사슴』을 출간했다. 겹으로 접은 한지에 활판인쇄를 하고 양장 제본을 했다. 시집은 100부 한정판으로 매우 적게 찍었다. 『사슴』은 당대에도 무척 구하기 힘든 시집이었다.

시집에는 모두 33편의 시를 4부로 나누어 수록했다. 그중 8편은 5개월 간 지면에 발표한 작품들이며, 1편은 개작한 것이고, 나머지 24편은 신작 시이다. 백석이 『조선일보』에 발표하기 이전부터 시를 많이 써 왔음을 짐작할 수 있다. 대중적으로 널리 알려진 작품으로는 「정주성」, 「여우난골족」, 「여승」 등이 있다. 어린 시절의 기억을 되살려 토속적인 풍물과 풍속, 음식, 놀이를 감각적이고 현대적으로 그렸다. 평안북도 방언을 활용해 유년기의 고향을 감각적이면서 낯설고도 아름다운 세계로 독특하게 변형, 창출해 낸 시집이다.

사슴 백석, 자가본, 1936, 화봉문고 소장.

시

산호림

노천명

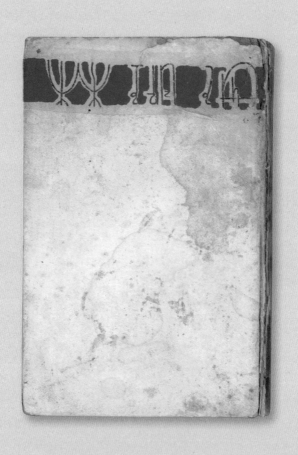

노천명은 이화여전 영문과를 졸업하고 시인과 기자로 활동했다. 『산호림』은 노천명의 첫 번째 시집이다. 한성도서주식회사에서 1938년 1월에 발간되었고, 당시 평론가와 문인들의 상당한 주목을 받았다. 정지용, 변영로 등 이화여전 은사들이 중심이 되어 남산 아래 회현동에 위치한 경성호텔에서 화려한 출판기념회를 열었을 정도였다. 하지만 여기에서 노천명은 '한국의 마리 로랑생'이라는 여성 폄하적인 별칭을 얻었다. 마리 로랑생은 화가였으나, 시인 기욤 아폴리네르의 연인으로 더 유명했다.

대표작인 「사슴」을 포함해 「자화상」, 「바다에의 향수」 등 49편의 시가 수록되어 있다. 일기와도 같은 자전적 서술, 토속적인 풍경에 대한 관찰, 이국적인 것에 대한 동경을 노래한 시들이 대부분이다. 고독한 자아의 슬픔이 섬세하고도 차분한 언어로 새롭게 형상화된 시집이다.

珊瑚林 노천명, 한성도서주식회사, 1938, 오영식 소장.

박용철전집 시집

박용철

박용철은 시인이자 번역가, 평론가, 문예지 편찬자로 활약했다. 그의 문학적 출발점은 1930년 3월 『시문학』의 창간이었다. 창간호에서 박용철은 "그 문학의 성립은 그 문학의 언어를 완성시키는 길이다"라고 야심차게 선언했다. 10년도 채 되지 않는 짧은 시간 동안 문단에서 활동했지만, 순수 서정시에 대한 그의 비평적 견해는 한국 근대 자유시의 이론적 발전에 크게 기여했다.

『박용철전집 시집』은 유고 시집이다. 박용철 사후, 시문학사에서 편찬해 1939년 동광당서점에서 발간했다. 모두 2권으로 이루어진 『박용철전집』은 영결식 이후 김광섭, 정지용, 김영랑 등이 중심이 되어 전집을 내기로 하고 박용철의 아내 임정희가 원고를 정리했다. '창작시편'과 '번역시편', '후기', '간행사' 순으로 구성되었다. 모두 406편이 수록되어 있는데, 그중 창작시가 98편, 번역시가 308편이다. 번역시에 견주면 창작시가 상대적으로 적은 편이다. 외국의 시가 그의 시 이론이나 시 창작의 토대가 되었음을 알 수 있다. '독일 시편'에서만 괴테, 실레르, 하이네, 릴케 등이 시인별로 구별되어 있는데, 그가 독문학을 전공한 것과 관련이 깊다. 대표작으로는 「떠나가는 배」가 있다.

朴龍喆全集 詩集   박용철, 동광당서점, 1939.

1 책곽 **2** 앞표지 **3** 저자 사진 **4** 시문학파 동인 사진 **5** 본문 **6** 판권

와사등

김광균

시인 김광균은 13세라는 어린 나이에 일간지에 시를 발표할 정도로 문학적 감수성이 풍부했다. 첫 시집 『와사등』은 1939년 8월 남만서방에서 간행되었다. 김광균은 이 시집을 자신의 문학적 후원자인 김기림에게 바쳤다. 대표작인 「와사등」, 「외인촌」 등을 비롯한 모두 22편의 시가 수록되어 있다. 표제작인 「와사등」은 김광균의 시 특유의 회화적 이미지가 서정적으로 표현되어 있다. 도시 문명에 대한 비애와 절망의 정조가 주를 이루는 작품이다. 제목인 '와사등'은 '가스등'을 의미하는데, 독자에게 이국적異國的 정서를 환기시켜 준다. 서구 회화적 이미지에 도회적 감각과 낭만적 서정성이 결합된 김광균의 세련된 시 세계가 잘 드러나 있는 시집이다. 사진의 국립중앙도서관 소장본은 저자가 유치환 시인에게 증정한 친필 서명본이다.

瓦斯燈 김광균, 남만서방, 1939, 국립중앙도서관 소장.

백록담

정지용

『백록담』은 정지용의 두 번째 시집이며 1941년 9월 문장사에서 발간되었다. 1930년대 후반 정지용은 문예지 『문장』을 기반으로 활동했다. 모두 5부로 이루어져 있으며, 제4부까지 시 25편, 제5부에 산문 8편이 실려 있다. 『백록담』의 시편들은 동양의 한시 전통에 닿아 있다고 볼 수 있다. 간명한 회화적 이미지, 절제된 언어 사용, 정적인 분위기 등은 이 시집이 동양 고전의 세계를 창조적으로 계승하고 있음을 보여 준다.

대표작으로는 「백록담」을 꼽을 수 있다. 「백록담」은 원래 1939년 4월 『문장』 3호에 발표된 작품이다. 화자가 산에 오르는 과정을 그리고 있다. 아홉 개의 연에 매겨진 번호는 화자가 산에 오르는 과정과 산의 높이를 나타낸다. 정상을 향해 올라가는 화자의 모습과 산의 형상을 동시에 보여 주어 걸어온 길을 반성적으로 되돌아보는 형식을 취하고 있다. 절제된 언어로 자연을 기품 있는 미학적인 공간으로 창조해 한국 근대시의 지평을 넓힌 시집이다.

白鹿潭 정지용, 문장사, 1941.

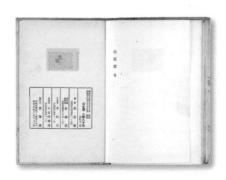

화사집

서정주

서정주는 '시는 근본적으로 언어예술이다'를 평생 창작의 지침으로 삼은 시인이다. 일제강점기에는 관능적 생명력과 육체성을 강조하는 시를 주로 썼으며 오장환, 함형수 등과 함께 '시인부락'에서 활동했다. 첫 시집인 『화사집』은 오장환이 경영하던 남만서고에서 1941년 2월에 발행했다. 출판기념회에 임화, 김기림, 김광균 등이 참석할 정도로 『화사집』은 문단에서 주목받았다.

『화사집』은 1935년에서 1940년 사이에 창작한 작품 중 24편을 선별해 5부로 나누어 수록했다. 대표적인 작품으로는 「자화상」, 「화사」, 「수대동시」 등이 있다. 특이한 것은 내지에 있는 사과를 물고 있는 뱀의 판화이다. 〈사과를 문 뱀〉 판화는 1928년 9월 파리의 출판사에서 출간한 보들레르의 『악의 꽃』에 수록된 목판화와 동일한 것으로 밝혀졌다. 서정주는 여러 산문과 인터뷰에서 젊은 날에 보들레르를 탐독했다고 밝힌 적이 있다. 『화사집』에 나타난 죄의식은 서구 시의 영향을 받은 것이다. 에로스적 육체성에 기초한 생명 충동이 화사한 언어와 뛰어난 감각으로 형상화되어 있다. 사진의 책은 15권의 저자 기증본 가운데 13번째 기증본으로, 박화목에게 증정한 책이다.

花蛇集   서정주. 남만서고, 1941.

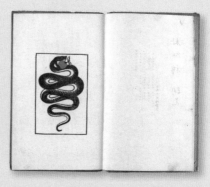

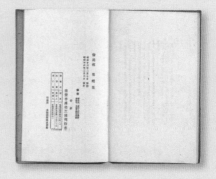

가람 시조집

이병기

『가람 시조집』은 이병기의 첫 번째 시조집이다. 1939년 8월 문장사에서 발행되었다. 대표작인 연작 시조 「난초」 1, 2, 3, 4를 비롯해, 자연 관조와 순수 서정을 읊은 72편의 시조를 5부로 나누어 배열했다. 시조집의 핵심은 전통의 현대화, 고전과 조선적인 것의 문학적 심미화이다. 이병기는 고시조와 근대 시조를 연구하고 창작한 시조 시인이자 국어학, 고전문학, 서지학, 국악 등을 연구한 학자였다. 그는 오늘날 널리 쓰이는 '평시조'나 '사설시조' 같은 용어를 만들었다. 1920년대 후반부터 시조 부흥 운동에 참여했고, 「시조는 혁신하자」(『동아일보』, 1932)라는 글에서 고시조를 근대적 형태로 새롭게 계승할 방법을 제시했다. 『가람 시조집』은 시조 혁신을 주장했던 이병기의 이론이 실천적으로 나타난 결과물이다. 정지용은 '발문'에서 "천성의 시인을 만나 시조가 제 소리를 찾게" 되었다며 칭찬을 아끼지 않았다. 『가람 시조집』은 고시조의 격식에 얽매지 않는 현대적인 시조 미학을 개척한 대표적인 성과로 꼽힌다.

嘉藍時調集 이병기, 문장사, 1939.

물레방아

이하윤

이하윤은 시인, 번역가, 작사가, 편집자로 활약했다. 호세이 대학에서 영문학을 전공했으며 도쿄에서 유학할 때 프랑스어, 이탈리아어, 독일어를 두루 공부했다. 1926년 김진섭, 손우성, 이선근, 정인섭 등과 함께 '해외문학연구회'를 결성하고 기관지 『해외문학』을 발간했다. 1933년 번역 시집 『실향의 화원』을 시문학사에서 출간했다. 탁월한 외국어 실력을 바탕으로 110여 편이 넘는 외국 시를 직접 번역해 실었고, 20년대에 발간된 김억의 『오뇌의 무도』를 뛰어넘는 성과를 거둔 번역 시집으로 유명하다. 번역가로서 이하윤이 한국 근대시 발전에 공헌한 바에 대해서는 이견이 없으나 창작시의 성취도에 대해서는 회의적인 평가가 많다.

이하윤의 첫 시집 『물레방아』는 1939년 청색지사에서 '물네방아'라는 제목으로 간행되었으며 당시에는 문단에서 주목받지 못했다. 모두 109편의 작품을 본문 격인 '물레방아'와 부록으로 붙인 '가요시초歌謠詩抄' 두 부분으로 나누어 실었다. 내용 면에서는 탈역사적, 전통적, 애상적인 세계를 그렸다는 점이 특징이다. 형식 면에서는 기존의 7·5조나 7·7조의 정형시에서 벗어나지 못했다. 내용과 형식 모든 면에서 단조롭고 평면적인데, 기존의 관습을 답습한 결과로 풀이된다. 1930년 대에 서구 문학을 활발하게 번역했던 시인이 동양적이고 관습적이며 과거 지향적인 시집을 펴냈다는 점은 특기할 만하다.

물네방아 이하윤, 청색지사, 1939.

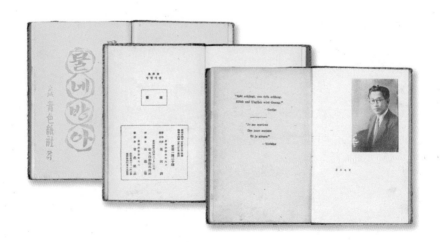

1 앞표지 **2** 속표지 **3** 판권 **4** 저자 사진

육사 시집

이육사

이육사는 시인으로 본격적으로 활동하기 전부터 항일 저항운동에 투신했다. 1927년 장진홍 의거에 연루되어 약 1년 7개월 동안 감옥살이를 한 이후부터 3·1운동 관련 사건 등으로 여러 차례 투옥되었다. 본격적인 시작詩作 활동은 1935년 6월과 12월에 『신조선』에 「춘수삼제」와 「황혼」을 발표하며 시작했다. 이육사는 시 창작과 정치적 활동이 무관하다고 생각하지 않았다. 그의 준열한 저항정신은 시에서 직설적으로 발화된다. 1943년 늦가을에 헌병대에 체포되어 북경으로 압송되었고, 1944년 1월 북경의 일본 영사관 감옥에서 세상을 떠났다.

1946년 10월 서울출판사에서 발행한 『육사 시집』은 유고 시집이다. 동생인 이원조의 '발문'과 신석초, 김광균, 오장환, 이용악이 공동 명의로 발표한 서문 그리고 20편의 시로 구성되었다. 품격 있는 지사적 어조, 극한의 상황을 압도하는 강인한 의지, 미래에 대한 낙관적 태도 등이 특징적으로 드러난다. 대표작으로는 「청포도」, 「절정」, 「광야」 등이 있다.

陸史詩集 이육사, 서울출판사, 1946.

생명의 서

유치환

유치환은 문단에서 시인으로 활동했다. 부친은 한학과 한의학을 독학으로 공부해 한약방을 낸 선비였고, 형은 「토막」, 「소」 등을 창작한 극작가 유치진이다. 일본에서 유학할 때 형에게 영향을 받아 문학에 관심을 가졌고, 20대 중반부터 본격적으로 시를 썼다. 1936년 『문예월간』에 시 「정적靜寂」을 발표하며 등단했다. 일제 말기에는 만주에서 살았고, 해방 후에는 귀국해 문단에서 활발히 활동했다. 존재론적 한계에 굴하지 않고 삶을 추구하는 강인한 인간의 의지를 기품 있는 지사적인 어조로 노래하는 시를 썼다.

『생명의 서』는 유치환의 두 번째 시집으로 1947년 행문사에서 발행됐다. 2부로 구성되었고 대표작인 「바위」, 「생명의 서」 등을 포함해 모두 59편의 시가 실렸다. 1부에는 삶에 대한 불굴의 의지를 노래한 작품들이, 2부에는 북만주 체험을 그린 작품들이 주를 이룬다. 삶에 대한 불굴의 의지, 절대 고독, 아나키즘적 성향, 지사적 어조, 한학적 소양 등 유치환의 시 세계를 대표하는 시적 경향 및 수사적 특징이 고루 담겨 있는 시집이다.

生命의書　유치환, 행문사, 1947.

문학과 지성

최재서

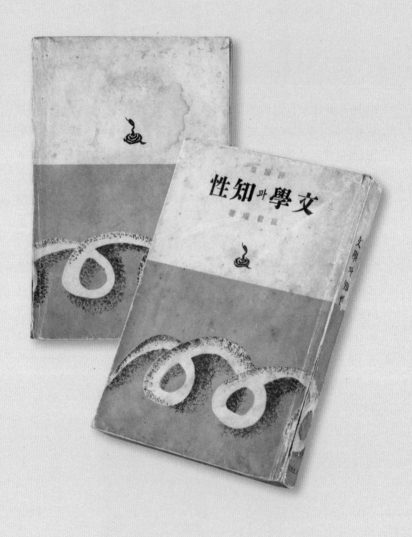

1930년대 대표적 평론가인 최재서의 첫 평론집이다. 당시로서는 두툼한 편으로 300쪽이 넘는다. 이 책이 나온 1938년 이전까지 썼던 평론적 성격의 글을 묶어서 펴낸 책이다. 불문학자이자 문학평론가인 이원조가 서문을 썼다. 장정은 근원 김용준이 맡았다. 단평 18편과 본격 평론 19편을 실은 이 책은 임화의 『문학의 논리』와 더불어 식민지 시대 한국의 문학평론이 도달한 새로운 차원을 보여주는 평론집이다.

최재서는 경성제국대학 영문과를 졸업하고 대학원까지 마친 셰익스피어 연구자이기도 했는데, 그런 까닭에 서구 고전에 바탕을 둔 인문적 교양 위에서 평론 활동을 했다. 따라서 그의 글은 아카데믹한 성격이 강하다.

책 제목이 상징하듯 그는 문학에서 지성의 역할을 중시했고, 작품을 분석하고 평가할 때에도 지성을 견지했다. 파시즘이 전 세계적으로 발호하던 당시, 지성을 옹호하는 것은 진보와 보수 모두에게 중요한 가치였다. 영문학의 문예이론을 소개하는 글도 있으나 주로 당시 문단에서 논의되던 문학적 주제를 다룬 글들과 작품 비평이 주를 이룬다. 유명한 평론 「리얼리즘의 확대와 심화」도 이 책에 실려 있다.

文學과知性 최재서, 인문사, 1938.

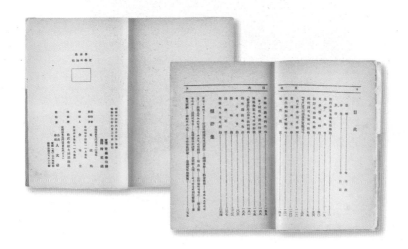

1 2
3 4 **1** 뒤표지 **2** 앞표지 **3** 판권 **4** 차례

221

평론

비평문학

김문집

문학평론가 김문집이 1936년부터 1938년까지 3년간 쓴 평론을 모은 책이다. 장정은 구본웅이 맡았다. 김문집은 '화돈花豚'이라는 호가 말해 주듯, 매우 독특하고 기행적인 평론가였다. 일본에서 중, 고교를 졸업하고 도쿄 제국대학 문과를 중퇴한 이력을 갖고 있다. 그는 짧은 기간 좌충우돌하면서도 정력적인 평론 활동을 했다. 동료 평론가와 문인들에 대해 독설과 인신공격에 가까운 비평을 했던 것으로도 유명했다. 이 책은 모두 7부로 구성되어 있으며 400쪽이 훨씬 넘는 분량이다.

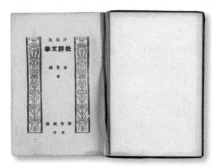

이 책에서 김문집은 이념 중심적인 조선의 평단을 비판하면서 예술로서의 비평을 강조하고 언어와 전통의 문제에 대해 관심을 두었다. 임화, 김남천, 안함광 등 리얼리즘 계열의 평론가와 대척적인 자리에 선 것은 물론이고 최재서 같은 지성에 바탕을 둔 평론가와도 대립했다. 비평 자체의 예술성을 내세우려 했지만 논리가 뒷받침해 주지 못했다. 1939년 이후 친일 행각에 나섰으며 1941년 일본으로 건너가 일본인으로 귀화했다. 『비평문학』은 우리 문학사에서 비평이 갖춰야 할 덕목을 반대 방향으로 보여 준다.

批評文學 김문집, 청색지사, 1938.

문학평론가이자 문학사가로서 임화의 면모가 잘 드러나는 평론집
이다. 1930년대 중반부터 1940년 초까지 신문이나 잡지 등에 실었
던 평론을 임화 자신이 묶은 것으로 일부 가필해 무려 800쪽이 넘
는다. 「사실주의의 재인식」을 비롯해, 한국 근대문학사에서 뚜렷한
족적을 남긴 임화의 주요 평론이 모두 담겨 있다. 임화의 문학적 입
장을 담은 핵심 평론을 비롯해 작품론, 작가론, 세계문학 등, 문학
에 대한 여러 주제를 두루 다루고 있다. 특히 이 책의 마지막에 실
려 있는 「신문학사의 방법」은 우리나라 최초의 문학사 연구 방법론
으로 유명하다.

책이 출간된 1940년은 일제 군국주의 체제가 극단으로 치닫던 시
기여서 임화는 발표 당시의 논조나 용어를 순화시킬 수밖에 없었
다. 이 책을 출간한 학예사는 임화가 주간으로 일했던 출판사이다.
『문학의 논리』는 많은 연구자들이 한국 근현대문학을 대표하는 평
론집으로 꼽는 책이다.

文學의論理 임화, 학예사, 1940.

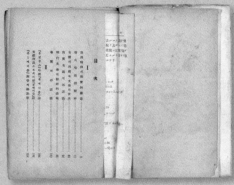

카프 도쿄 지부에서 발행한 동인지 『무산자』

도쿄 유학 시절 임화는 카프 도쿄 지부인 무산
자사를 이끌었다. 동인지 『무산자』에는 임화,
김남천, 안막, 이북만 등이 참여했다.

학문과 예술의 만인화를 지향한 학예사 조선문고

학예사의 주간으로 일했던 임화는 독일의 레클람 문고, 일본
의 이와나미 문고를 전범 삼아 조선문고를 간행했다. 조선문고
의 지향점은 '학문과 예술의 만인화'와 '서책의 대중화'였다.
사진에서 앞의 3권이 조선문고이다

'두서없이 쓴 글을 모았다'는 뜻의 제목을 붙인 『무서록』은 『문장강화』라는 책으로도 유명한 이태준의 수필집이다. 붓 가는 대로 쓴 글이라는 의미의 '수필隨筆'과 두서없이 쓴 글을 묶었다는 '무서록無序錄'이라는 책 제목이 잘 어울린다. 장정은 한국화가이자 미술사학자인 근원 김용준이 맡았다. 이태준과 김용준은 일본 유학 시절인 1926년부터 교유한 오랜 벗이다.

모두 57편의 수필이 담겨 있는 이 책에는 이태준의 생각이 잘 드러나 있다. 풀이나 나무 등 자연에 대한 작가의 생각이나 고전에 대한 취향, 소설이나 문단에 대한 상념, 자기 작품에 대한 뒷얘기 등을 엿볼 수 있다. 고전적인 선비 정신에 대한 작가의 흠모가 느껴지는 글들도 여럿 실려 있다. 글들은 모두 짧고 간결해서 이태준 문장의 맛을 느끼기에 부족함이 없다. 책의 뒤에 실려 있는 기행문 2편이 인상적인데, 그중에서도 「만주기행」은 이태준이 어떤 생각으로 「농군」이라는 단편을 집필했는지 알게 해주는 글이기도 하다.

無序錄　이태준, 박문서관, 1941.

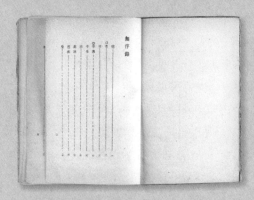

생애 가장 행복했던 시기의 이태준

성북동 집에서 찍은 가족사진. 이 집에서 이태준 부부
는 소남, 소명, 유진, 소현, 유백을 낳고 행복하게 살았다.

『무서록』을 읽고 나서, 정지용

"작가 이태준이 단적으로 드러나기는 『무서록』과 같은
글에서다. 교양이나 학식이란 것이 어떻게 논란될 것
일지 논란치 않겠으나 '미술'이 없는 문학자는 결국 시
인이나 소설가가 아니 되고 마는 것도 보아 온 것이니
태준의 '미술'은 바로 그의 천품이요 문장이다. 동시에
그의 생활이다. 화초에 관한 것, 자기궤도 등 고완古翫
에 관한 것, 서도필묵書道筆墨, 남도南圖에 관한 것, 초
가와실의 양식, 장정제책裝幀製冊에 관한 것, 기생가곡
에 관한 것, 대부분이 문단에 관한 것이 사람의 '미술'
은 상당히 다단하다. 이러한 점에서 태준은 문단에서
희귀하다." 『매일신보』 1942년 4월 18일자.

전환기의 조선문학

최재서

이 책은 최재서의 평론집으로 일제 강정기 말 친일 문학의 실상을 보여 주기 위해 소개한다. 책 전체가 모두 일본어로 쓰여 있으며 최재서가 주재하던 『국민문학』이라는 잡지에 발표된 글을 토대로 책을 묶었다. 이 책은 한국 근대문학의 가장 치욕스럽고 어둡던 시기를 잘 보여 준다. 「신체제新體制와 문학」, 「징병제 실시의 문화적 의의」, 「내선內鮮 문학의 교류」, 「훈련訓練과 문학」 등의 글이 실려 있으며, 대동아공영권 논리와 일본 군국주의가 주도하는 신체제를 적극 옹호하고 지지하는 내용이 대부분이다.

최재서는 자발적 친일론자의 대표격에 드는 사람으로 스스로 친일을 하는 이유가 그 내면에서 형성되었다. 서구를 추앙했던 그는 일제 말기에 중국과 벌인 전쟁에서 일본이 승기를 확보하자, 이제 세계 질서는 동양, 그것도 일본이 이끄는 동양 중심으로 재편될 것이라고 확신하면서 친일의 길로 적극 나서게 된다. 이 책은 바로 그러한 생각의 궤적이 묶인 결과물이다.

轉換期の朝鮮文學 최재서, 인문사, 1943.

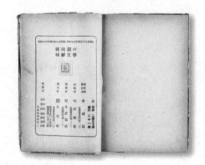

해방기

새로운 민족문학을 향하여

····· 8·15 해방은 정치적 사건인 동시에 문화적 사건이기도 했다. 그동안 억압과 제약에 시달렸던 우리말과 글을 자유롭게 읽고 쓸 수 있게 되었기 때문이다. 이런 말과 글의 자유를 바탕으로 이 시기 작가들은 자신들의 고민이나 생각, 정서를 자유롭게 표출할 수 있었으며 그동안 발간되지 못했던 많은 작품집들이 봇물처럼 출간되었다. 해방 후 작가들은 친일 문학의 청산과 새로운 민족문화의 건설, 과거 식민 지배에 대한 반성을 첫 번째의 목표로 삼았다. 하지만 이 시기는 세계적으로 미국과 소련의 대립, 좌와 우의 대립이라는 냉전 체제가 형성되어 가는 때였다. 우리도 영향을 받아 새로운 독립국가 건설을 둘러싸고 좌우 이념이 대립되어 많은 정치·사회 단체들이 결성과 해체를 반복하는 등 혼란이 극심했다. 문학도 예외가 아니어서 문인들은 좌와 우로 나뉘어 각각의 단체를 조직해 서로 대립했다. 가장 규모가 크고 대표적인 문인 단체는 우파의 '전조선문필가협회'와 좌파의 '조선문학가동맹'이었다. 좌우의 대립은 작가들이

남과 북으로 갈라지는 비극으로 이어졌다. 1948년 이후 작가들은 자신이 지향하는 체제와 이념에 따라 남과 북을 선택할 수밖에 없었다.

해방 후 문학의 특징은 크게 세 가지로 이야기할 수 있다. 첫째, 해방의 기쁨을 노래하고 새로운 국가 건설을 염원하는 작품들로 주로 시 장르가 여기에 해당한다. 둘째, 친일 행위를 반성하거나 당대의 혼란스런 현실을 사실적으로 그린 작품들로 주로 소설이 이러한 모습을 보여 준다. 셋째, 민족의 고유한 개성과 전통 그리고 정체성 등에 대해 새롭게 질문하고 가치 평가하는 시와 소설 들이다. 이 세 가지 경향을 표방하는 문학적 이념과 방법은 서로 달랐지만 해방된 조국의 새로운 건설과 민족 구성원의 안녕과 평화를 기원하는 태도와 심정에서는 서로 다를 바가 없었다. 한편, 이 시기는 그동안 일제의 압박으로 출간되기 어려웠던 책들도 많이 출간되어 그야말로 출판의 해방을 맞은 때이기도 했다.

해방 전후

이태준

『해방 전후』는 「봄」, 「서글픈 이야기」, 「손거부」 등 10편의 단편소설을 수록한 이태준의 단편소설집이다. 식민지 시대 후반을 살며 서정성 강하고 완성도 높은 소설을 발표했던 이태준은 해방 이후에는 조선문학건설본부 중앙위원장을 맡는 등 사회주의 운동에 본격적으로 관여했다. 『해방 전후』는 이태준이 사회주의 운동의 전면에 나서 활동하기 시작한 시기에 간행된 소설집으로, 작품에 사회주의적 시각을 담고자 한 작가의 노력이 드러난다.

표제작 「해방 전후」는 해방 후 결성된 사회주의 계열 문인 단체인 '조선문학가동맹'의 기관지 『문학』에 1946년 6월 발표되었던 소설로, '제1회 해방문학상' 수상작이기도 하다. 이 소설의 주인공 '현'은 일제의 감시와 강압을 피해 최대한 몸을 사리고 사는 인물이다. 그러던 중 일제가 패망하고 조선이 독립하자, 현은 좌익 문인 단체 활동에 뛰어든다. '어느 작가의 수기'라는 부제가 달려 발표되었던 만큼, 해방 이후 이념 갈등으로 어수선한 와중에 자신의 길을 선택해 나아가는 주인공 현을 작가 이태준과 겹쳐 보게 하는 작품이다.

解放前後　이태준, 조선문학사, 1947.

『잔등』은 표제작 「잔등」과 「습작실에서」, 「탁류」 등 세 작품을 수록한 허준의 작품집이다. 허준은 1930년대 중반부터 활발히 활동하기 시작해 해방 이후까지 탁월한 작품을 다수 남긴 작가이다. 해방 이전에는 불안, 허무, 고독에 휩싸인 지식인의 내면을 치밀하고 섬세하게 그린 작품을 발표해 '심리주의'를 대표하는 작가라는 평가를 받았다. 해방 이후에는 사회주의 문인 단체인 조선문학가동맹에 가담해 1948년 월북하기까지 약 3년 동안 활발히 작품 활동을 했다.

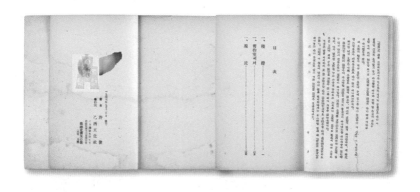

1946년 발표되었던 표제작 「잔등」은 주인공 '나'가 해방을 맞아 만주에서 서울로 향하는 여정을 그린 작품이다. 해방 당시 많은 작가들이 환희와 기쁨으로 넘쳐나는 감정적인 작품을 썼는데, 「잔등」은 해방의 감격과는 거리를 두고 해방 공간의 불안과 혼란을 사실적으로 그린 특이한 작품이다. 허준은 『잔등』 서문에서 자신은 "너의 문학은 어째 오늘날도 흥분이 없느냐, 왜 그리 희열이 없이 차기만 하냐"는 세간과는 다른 시선을 지니고 있다고 썼다. 시대의 격동에 휩쓸리지 않는 주인공 '나'의 시선은 해방 직후 한국 문학에 보기 드문 사례로 남아 있다.

殘燈 허준, 을유문화사, 1946.

해방문학선집

염상섭, 채만식 외

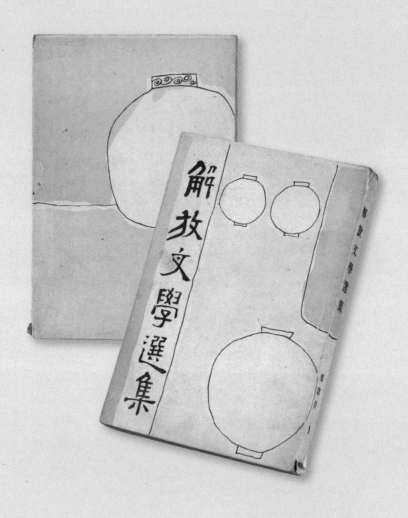

1948년 12월 종로서원이 해방을 기념해 김동리, 계용묵, 박종화, 염상섭, 이태준, 이선희, 이근영, 정비석, 채만식 등 9명의 작품을 엮어 출간한 합동 단편소설집이다. 한국 추상미술의 선구자로 평가받는 화가 김환기가 표지 그림을, 김용준이 본문 그림을 맡아 그렸다.

채만식이 쓴 「논 이야기」는 주인공 한 생원을 통해 해방 전후의 농민이 처한 현실을 보여 준다. 한 생원 집안이 힘겹게 마련한 땅은 부패한 지방 관리와 일본인 자본가에게 뺏기듯 흘러간다. 해방이 되자 한 생원은 땅을 되찾을 수 있으리라 기대했지만, 그의 재산은 해방 이후의 혼란을 틈타 잇속 빠른 이들에게 다시 흘러가 버린다.

염상섭이 쓴 「양과자갑」은 해방 이후 한국에 미국이 새로운 권력자로 부상한 현실을 그린 작품이다. 미국에서 유학하고 돌아온 지식인 영수와 그 가족에게 초점을 맞춰, 해방 이후 한국 사회에서 파급력을 더해 가는 미국의 영향력과 그에 빌붙어 자라나는 속물적 생활 형태를 민감하게 포착했다.

解放文學選集　염상섭·채만식 외, 종로서원, 1948.

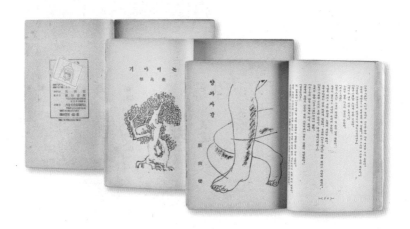

목넘이 마을의 개

황순원

황순원이 월남 후 발표한 단편소설 중 7편을 묶어 간행한 단편집이다. 황순원은 간결한 문체, 완성도 높은 미학, 휴머니즘과 철학적 성찰을 두루 갖춰 한국 현대 소설의 대가로 평가받는다. 식민지 시대, 전쟁과 분단, 산업화와 독재 시대를 거쳐 2000년 별세하기까지, 정치 활동에는 일절 관여하지 않고 창작에 힘을 기울인 작가이기에 '작가 정신의 사표師表'라 일컬어지기도 한다.

표제작 「목넘이 마을의 개」의 제목에 있는 '목넘이 마을'은 작가의 외가가 있던 평안남도 대동군 재경면 천서리를 가리킨다. 어디를 가려 해도 반드시 거쳐서 산을 넘어야 하기에 '목넘이 마을'이라 불리게 되었다고 한다. 소설은 '나'가 이 마을에서 들었던 개 이야기로 풀어 나간다. 어느 날 갑자기 마을에 나타난 개 '신둥이'는 마을 사람들에게 모질게 핍박받는다. 마침내 신둥이가 잡혀 죽을 운명에 처했을 때, 신둥이가 새끼를 배고 있다는 사실을 눈치챈 간난이 할아버지가 신둥이를 구하고 새끼들도 보살펴 준다. 신둥이의 강한 생명력이 인상 깊게 묘사된 작품이다. 사진의 책은 극작가 오영진에게 증정한 친필 서명본이다.

목넘이 마을의 개 황순원, 육문사, 1948.

해방기념시집

정인보 외

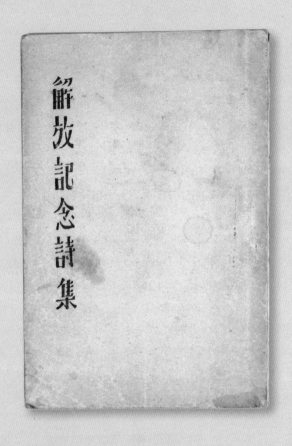

『해방기념시집』은 해방 후 처음 발간된 기념 시집이다. 중앙문화협회에서 편집하고 1945년 12월에 간행되었다. 중앙문화협회는 민족문화의 입장에서 신조선 문화 건설을 목표로 문인, 화가, 언론인 등이 모여서 1945년 9월 18일 창립한 문화예술단체이다. 『해방기념시집』은 이헌구의 서문과, 24명의 시인이 해방을 주제로 쓴 시 1편씩, 모두 24편의 시가 실려 있다. 다양한 정치적 성향의 시인들의 시를 골고루 실었다는 것이 특징이다. 참여한 시인들은 정인보, 이희승 등 선배 문화인 그룹, 김광섭, 이하윤, 양주동 등 중앙문화협회 그룹, 김기림, 임화 등 조선문학건설본부와 조벽암 등 조선프롤레타리아문학동맹 그룹으로 나눌 수 있다. 해방은 '님의 귀환'으로 재현되고, 거의 모든 시들이 해방된 국가에서 느끼는 환희를 노래하고 있다. 해방 공간에 넘쳐흐르는 감격의 정서가 잘 드러나 있는 시집이다.

解放記念詩集 정인보 외, 중앙문화협회, 1945.

전위시인집

유진오 외

『전위시인집』은 1946년 노농사에서 간행했다. 1946년 조선문학가동맹에서 문학 대중화 사업의 일환으로 발간한 앤솔로지이다. 시집의 발간 목표는 대중성 확보와 신인의 확대였다. 임화, 김기림의 서문과 오장환의 발문, 김광현, 김상훈, 이병철, 박산운, 유진오 등 시인 5명의 시 25편이 수록되었다. 참여한 시인들은 학병 세대이다. 시인의 구성에서 선배 시인들이 젊은 시인들을 소개하려는 목적으로 기획된 시집이라는 것을 알 수 있다. 시집 전반에 고통스럽고 궁핍했던 과거 식민지 시기가 그려지고, 과거를 반추하는 과정에서 느끼는 슬픔의 정서가 흐르고 있다. 고통스러운 과거는 가슴에 묻고 해방을 맞이해 새 시대를 열고자 하는 청년의 모습이 공통적으로 나타난다. 발간 후 김상훈, 이병철, 박산운은 월북했고, 김광현은 한국전쟁 중 행방불명되었으며, 유진오는 좌익 사범으로 몰려 처형 당했다. 해방 후 새 시대의 주역을 노래한 『전위시인집』은 한국문학사에서 잊혀 진 시집이었다.

前衛詩人集　유진오 외, 노농사, 1946.

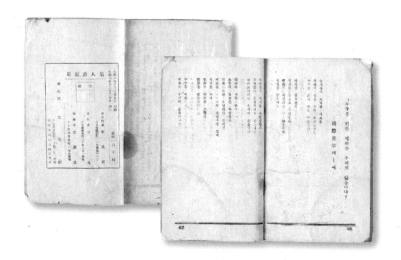

청록집

박두진 외

『청록집』은 해방 후에 간행된 최초의 창작 시집이다. 3인 사화집詞華
集『청록집』은 1946년 을유문화사에서 간행되었다. 박목월 편에 「청
노루」, 「나그네」 등 15편, 조지훈 편에 「승무僧舞」 등 12편, 박두진 편
에 「묘지송墓地頌」, 「도봉道峰」 등 12편을 포함해 모두 39편이 수록되
었다. 세 시인은 이 시집의 출간을 계기로 '청록파靑鹿派'로 불렸다.
박목월의 시편에는 고요한 자연에서 느끼는 화자의 슬픔이 정갈한
언어로 드러나 있다. 조지훈의 시편에는 자연을 배경으로 홀로 있
는 자아의 내면이 그려진다. 시인의 한학적 소양에 바탕을 둔 감각
적인 언어가 특징적이다. 박두진의 시편에는 자연을 배경으로 미래
를 맞이하는 화자의 낙관적인 태도가 주로 나타난다. 새로운 국가
건설이 문학사적 과제였던 해방기에 현실 정치에 거리를 둔 공간으
로서 자연을 형상화해 한국 현대시사에 큰 영향을 미친 시집이다.

靑鹿集　박목월 · 조지훈 · 박두진, 을유문화사, 1946.

하늘과 바람과 별과 시

윤동주

윤동주는 한국인이 가장 사랑하는 시인 가운데 한 명이나 살아서는 시인으로 활동하지 못했다. 암흑 속에 묻혀 있던 무명시인 윤동주를 문단의 시인으로 만든 사람은 정지용이었다. 세상을 떠난 지 2년 만인 1947년에 정지용은 『경향신문』에 윤동주의 시 3편(「쉽게 씌어진 시」, 「또 다른 고향」, 「소년」)을 차례로 추천했다. 그리고 이듬해 1월 정지용과 정병욱, 강처중, 유영, 김삼불 등 윤동주의 친구들은 유고 시집 『하늘과 바람과 별과 시』를 정음사에서 출간했다. 1928년 외솔 최현배가 창설한 정음사는 해방기에 주목받는 시인들의 시집을 선별해서 출판하는 일에 적극적이었다. 정음사는 일제의 억압 속에서도 한글을 지키는 출판 활동을 벌였고, 해방기에는 을유문화사와 함께 가장 많은 수의 책을 출판했다.

시집은 4부로 구성되어 있으며 모두 31편의 시가 실렸다. 정지용의 서문, 유영의 추도시, 강처중의 발문이 함께 실려 있다. 어둡고 절망적인 식민지 말기의 현실에서 미래를 향한 정신적 방황의 여정이 섬세하고 순수한 청년의 언어로 표현되어 있다.

하늘과 바람과 별과 詩 윤동주, 정음사, 1948.

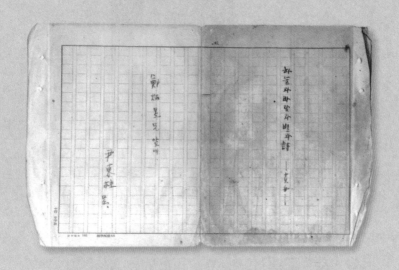

육필 자선 시집의 표지와 「서시」

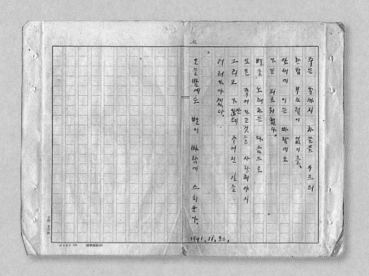

『하늘과 바람과 별과 시』 본문

윤동주가 세상을 떠난 지 3년 만인 1948년에 강처중 등 친구들은 유
고시집 『하늘과 바람과 별과 시』를 출간했다. 정지용의 서문, 유영의
추도시, 강처중의 발문이 함께 실려 있다.

건설기의 조선문학

조선문학가동맹

이 책의 표지에는 '제1회 조선문학자대회 회의록'이라는 부제가 붙어 있다. 이 책은 1945년 12월 조선문학건설본부와 조선프로레타리아문학동맹이 통합해 '조선문학가동맹'을 출범시키기로 합의한 후 1946년 2월 8, 9일 양일간 조선문학자대회를 개최했던 회의의 기록이다. 조선문학가동맹은 이 이틀간의 회의 이후 공식 출범했다. 이렇게 대규모의 문인들이 한자리에 모여 한국 문학의 주요한 의제에 대해 토론한 사례는 거의 없다. 따라서 이 책은 한국 근대문학사에서 기록적 가치도 매우 높다.

또한 당대 한국 문학의 중요한 의제를 다루고 있다는 점에서 문학사적 가치도 높다. 홍명희의 '인사 말씀'으로 시작해 여운형 등의 축사와 여러 기관 단체의 축하 메시지, 결의문과 각종 보고, 결정서, 회의록 등이 당시의 분위기를 전해 준다. 문학의 각 장르, 창작 방법 등 문학의 핵심 현안에 대해 문단을 대표하는 문인들이 나와 보고를 하고 있어서 해방 이후 감격스러웠던 한국 문학사의 한 장면이 생생히게 재현된다.

建設期의 朝鮮文學 조선문학가동맹, 조선문학가동맹 중앙집행위원회 서기국, 1946.

예술과 생활

김동석

해방 직후 혜성같이 나타났다가 월북한 문학평론가 김동석의 첫 평
론집이다. 장정은 이주홍이 맡았다. 경성제국대학과 대학원에서 영
문학을 전공한 김동석은 보성전문학교 교수를 역임한 영문학자 겸
문학평론가로 해방 직후 화려하게 등장했다. 이 평론집은 모두 3부
로 구성되어 있고, 문학평론과 당대의 시론時論을 포함해 모두 30편
의 글이 실려 있다. 특히 1부 '시와 행동'에는 6편의 본격적인 작가
론이 실려 있는데 평론가로서 김동석의 날카로운 감식안이 유려하게
드러나 있다. 김동석의 작가론은 이태준, 유진오, 임화, 김기림, 정지
용, 오장환 등 당대 최고의 문인들의 허점을 파고들고 장처長處를 상
찬했다. 재기발랄한 문장들이 그의 평론에서 빛나고 있다.

아울러 이 책에는 해방 직후 '순수문학'을 주장한 그의 평론가적 면
모가 살아 있다. 순수문학론은 참여문학의 대타항으로서의 순수문
학이 아니라 문학의 자율성을 옹호하려는 의도에서 비롯된 것이었
다. 문학이 정치에 예속되지 않고 자기 영역을 확고히 지켜야만 문
학도 살리고 새 국가를 건설하는 데 문화 영역을 만드는 첫걸음이
될 수 있다고 주장했다.

藝術과生活 김동석, 박문출판사, 1948.

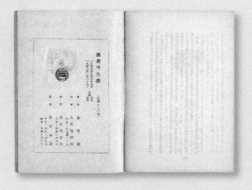

생활인의 철학

김진섭

1920년대 잡지 『해외문학』을 통해 외국 문학을 본격 소개한 해외문학파의 한 사람인 청천 김진섭의 두 번째 수필집이다.

이 책은 일상적이고 신변잡기적인 제재나 주제를 중후하고 사색적이며 호흡이 긴 문장으로 논리적으로 풀어내는 김진섭 수필의 특징을 잘 보여 준다. 수필가로서 본격적인 지위와 함께 문명文名을 얻게 한 책이기도 하다. 이 수필집에는 모두 32편의 글이 실려 있는데, 이중 21편은 일제강점기와 해방 후 신문과 잡지에 게재한 것을 재수록한 것이다. 이 책에서 가장 유명한 글은 한국전쟁 후 오랫동안 교과서에 실린 안톤 슈나크의 「우리를 슬프게 하는 것들」과 표제작 「생활인의 철학」이다. 표지와 면지의 그림을 한 사람이 아닌 송병돈과 김영주 두 사람이 담당했다는 것도 이 책이 가진 매우 독특한 점이다.

生活人의哲學 김진섭, 선문사, 1949.

근원 수필

김용준

저자 김용준의 호인 근원近園을 따서 책 이름을 지었다. 모두 30편의 수필이 실려 있는데 1부는 신변잡기나 생활 속 감상 등 말 그대로 수필이고, 2부는 예술에 관한 저자의 생각이나 한국 화단, 고적古蹟에 대한 생각을 정리한 글들이다. 본문에 필자의 자화상을 비롯해 글과 관련한 몇 개의 소묘가 실려 있고 저자스스로 장정을 했다.

김용준은 동양적 전통 위에 스스로를 위치시킨 예술가인 동시에 일본에서 근대미술을 체계적으로 공부한 인재였다. 동양 고전에 바탕을 둔 교양과 빼어난 한글 문장이 이 책에서 유감없이 발휘되고 있다. 한국은 물론이고 동양 미술에 대한 흥미로운 이야기와 동시대 문화예술인들, 요절한 한국 초기 미술가들에 대한회고, 당시 사람들의 생활 이야기 등, 고전적인 인문주의자의 문향文香이 담긴 한국 근대수필의 명편이다.

近園隨筆 김용준, 을유문화사, 1948.

바다와 육체

김기림

『바다와 육체』는 김기림의 유일한 수필집으로 1930년대부터 해방기에 발표한 수필을 모아 엮은 책이다. 저자는 이 책의 서문에서 시나 소설, 희곡에 견주어 수필이 서자나 사생아 취급을 받는 현실을 안타까워하며 어설픈 시나 소설보다는 제대로 된 수필이 낫다는 수필에 대한 남다른 애정과 안목을 드러낸다. 수필도 시, 소설과 같이 당당한 문학의 한 장르임을 내세우는 것이 이 책의 발간 의도라고 할 수 있다. 김기림의 수필은 근대인으로서의 감수성과 근대 도시나 근대 풍속을 매우 감각적으로 그려 냈다는 특징을 갖고 있다. 모두 5부로 구성된 이 책에는 46편의 글이 실려 있다. 모든 글의 끝에는 발표 연도와 게재 매체가 표시되어 있는데, 저자가 재직한 『조선일보』와 『조광』에 실린 글이 24편으로 가장 많다. 책의 중간에 '바다에의 초대', '아침', '언덕의 기록'이라는 제목의 추상화가 삽입되어 있는 것이 특징인데, 이 그림들은 책의 장정을 맡은 김경린의 작품이다. 사진의 책은 1948년 12월 25일 평범사에서 발행한 초판본으로 저자가 '백승룡'이라는 사람에게 증정한 친필 서명본이다.

바다와肉體 김기림. 평범사. 1948.

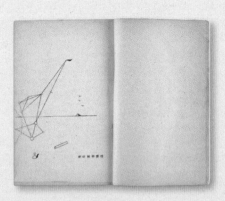

부록

한국 근대문학 출판 환경 스케치

····· 『한눈에 보는 한국근대문학사』를 준비하며 당시의 출판을 둘러 싼 이모저모를 알 수 있는 기사 3편을 따로 묶어 소개한다. 이 책의 기획 의도가 책으로 한국 근대문학사의 전모를 알 수 있게 한다는 것이었으므로 이어지는 3편의 기사는 우리의 근대와 근대문학사를 이해하는 데 더욱 깊은 시선을 제공할 것이며 충실한 안내가 될 것이다.

독립운동가이자 언론인이었던 장도빈이 『동아일보』에 쓴 칼럼을 읽으면 일제의 출판 검열이 얼마나 지독했는지 짐작할 수 있다. 당시 잡지의 간기刊期가 정확하게 지켜지지 않았던 것도 검열 때문이었다는 것을 추측할 수 있는 대목이다. 당시 원고에 대한 검열과 삭제는 일상적인 관행이었다. 장도빈은 사상 잡지 『조선지광』의 발행인이기도 했기에 검열 문제는 결코 남의 일이 아니었으며 자신이 실제로 경험한 불편도 매우 컸을 것이다.

김동인이 해방 직후 발표한 판권과 인세에 대한 글은 그 자체로 소중한 역사적 기록이다. 출판의 이면에서 판권이 출판사와 작가 사이에서 어떻게 오갔는지에 대한 실상이 적나라하게 드러나 있다. 당시 문인들은 이런 환경에서 글을 썼고 출판사는 책을 출간했다. 불과 100년도 안 된 시기에 일어난 일이다.

조선일보사에서 발행했던 월간 종합잡지 『조광』의 기자가 당시 출판업에 종사한 경영자들을 만나 진행한 인터뷰는 출판사와 서점 운영의 이면을 잘 보여 주고 있다. 당시만 해도 출판사와 서점을 병행하여 운영하는 경우가 드물지 않았다. 당시에는 어떤 책이 잘 팔렸는지 출판업자의 입을 통해 낱낱이 밝혀지고 있어 흥미롭다.

여기에서는 원문을 소개하는 것을 원칙으로 하되, 현대어에 익숙한 오늘날의 독자들도 수월하게 읽을 수 있도록 너무 어려운 한자어나 이해가 어려운 옛날식 문장은 현대적 감각에 맞도록 다듬고 주석을 붙였으며 경우에 따라서는 문단 구분도 조정했다. 주석은 모두 편집자가 붙인 것이다.

대문제^{大問題}인 출판법

—

『동아일보』 1921년 3월 3~4일
장도빈*

나는 출판에 관하여 직업상 적지 않은 관계가 있고 동시에 출판 방면에 대한 경력과 감상도 다소 있는 바, 실로 지금 조선의 출판계에서 깊고 절실한 고통을 느껴왔고 또 지금 우리 사회의 누구든지 이 고통을 대개 비슷하게 느낄 것으로 생각한다.

무릇 출판은 사회 문화 진보에 최대의 이기^{利器} 중 하나이니 우리 인류 사회가 실로 평등한 발달을 이루려면 우선 이 출판물의 보급에 노력해야 한다. 이제 이 출판의 방법이 곤란하여 출판물을 보급할 방책이 없다 하면 그 사회는 실로 장래가 불행해질 것이라는 점을 누구나 수긍할 것이다.

이제 우리 사회의 출판계는 심히 적막하여 신문 잡지에서 일반 서적에 이르기까지 도무지 볼 것이 없다. 예를 들어 지금 일본의 신문지가 1,000여 종, 잡지가 2,000여 종인데 비하여 우리 조선에는 무엇이 있는가. 일반 서적으로 말하여도 일본의 1916년 출판한 서적 통계가 49,902 건에 달한 것을 보고 돌이켜 우리 조선의 출판하는 서적을 보면 그 어찌 차이가 미미하다 할 수 있겠는가. 이러한 사정에 있는 우리 조선 사람은 실로 앞길이 한심의 극을 달리고 있다.

이에 대하여 지금 출판 제도가 놓인 상황을 언급하게 되나니 지금 조선의 출판 제도로 말하면 조선인은 출판물을 모두 경무국의 원고 검열을 받아 이 검열 당국에서 허가하는 것은 출판하고 허가치 아니하는 것은 물론 출판의 통제를 엄히 시행함에서 시작된 일이다. 이는 출판자에게 다대한 불편을 주고 있으니 그 출판물의 좋고 나쁨을 물론하고 검열 전에 출판하는 자유가 절대로 없어 오직 출판 허가를 기다릴 뿐이요, 동시에 일차 제출한 원고를 당국에서 마음대로 연기하는 바인즉 설혹 선량한 원고라도 그 적당한 시기에 출판되기 극히 어려운 상황이다. 이 때문에 출판계가 겪는 제반 곤란이 대단히 많으니 곧 출판이라 함은 대개 인민의 사상을 발표하거나 세계의 지식을 소개함인데 이렇게 절대 구속을 당하고 혹 출판되더라도 그 시기가 이미 지나간 경우라면 그 정신의 고통이 얼마나 하며 따라서 사회 및 세계 문화에 대하여 손실이 얼마나 크겠는가. 또 출판업은 실로 인민의 작지 않은 영업인데 이렇게 출판이 곤란하면 영업상에 큰 손해가 나므로 가령 출판업자가 경영하는 잡지나 서적이 많이 막혀 버리면 그 영업은 자연 폐쇄될 운명에 이를 것이다. 이렇게 되면 정신적, 물질적으로 커다란 불행이 되나니 이는 우리 출판계는 물론 일반 사회적으로도 똑같이 겪게 되는 고통이 된다.

혹자는 이렇게 말한다. 지금 당국에서 물론 출판물을 통제 아니 할 수 없다. 그러므로 이러한 제도를 아니 쓸 수 없다고 한다. 그러나 우리는 이렇게 생각한다. 물론 당국에서 출판물을 통제하지 않을 수는 없고 그러므로 문명 각국에서 대개 통제 제도가 있는 것이다. 그러나 그 경우는 지금같이 원고 검열을 아니 하고도 상당히 통제할 방법이 있으니 그것이 곧 압수이다. 일차 출판한 후에 그 출판물을 당국에 제출하면 당국은 이를 검열하여 가한 자는 발행케 하고 불가한 자는 압수하면 아무 불편이 없이 통제를 할 수 있으니 원고 검열을 하지 않는다 하더라도 무슨 불가가 있으리오.

또 혹자는 이렇게 말한다. 만일 원고 검열을 아니 하고 출판물을 검열한다 하면 출판업자는 더욱 커다란 손해를 당할 수 있으니 가령 원고는 압수되더라도 금전상 큰 손해는 별로 없지만 출판물을 압수하는 경우에는 그 출판물 전부에 대한 인쇄비 및 종잇값, 제본비 등, 일체 금전상 손해를 당할 수 있으므로 차라리 원고를 검열하여 출판치 못할 것은 당초에 출판치 아니하고 출판할 것만 출판하는 것이 출판업자에게 안전하고 도리어 이익이 되리라 하는 것이다.

그러나 그것은 그렇지 아니하나니 물론 출판물이라 함은 비교적 당연히 발행될 것이 많고 압수될 것은 예외에 불과한 것이요, 또 일차 발행한 출판물이 압수된다 하면 그 상당한 검열 일수가 가령 3일이나 7일의 기한을 정해 그 압수가 확정될 터인즉 출판업자는 곧 계속하여 다른 출판물을 출판할 수 있지만 원고 검열을 요하는 경우에는 절대로 출판할 자유가 없다.

가령 잡지 경영자가 제1호 잡지의 허가를 청원한 바 잡지의 허가 불허가가 확정되기 전까지는 반년이나 일 년이 지나더라도 다시 계속 경영할 수 없고 오직 손을 놓고 시운을 기다릴 뿐이니 세상에 이런 가련한 일이 어디 있으리오. 동시에 영업상 이해로 말하여도 압수될 것은 속히 압수되고 발행할 것은 속히 발행하여 영업을 진행함이 영업자의 소원이니 지리하게 지연되어 무익한 시일과 경비를 낭비하게 되면 실로 영업은 스스로 망하게 될 것이요, 또 이 압수되며 압수 안 되는 것은 영업자의 주의^{注意}에 많이 관계 있는 것인즉 공연히 압수될 것을 많이 출판하여 금전상 손해를 당함은 상식적으로 하지 않을 일이라 할 것이다. 이 문제에 대하여 당국의 입장에서 변명이나 해명을 예상하면 대개 두 개의 이유를 말할지니 ①지금 조선의 인심이 불안한 중인즉 자유 출판을 허락하면 필연 불온문서가 많이 출판될 터이니 이를 통제하기에 매우 어려울 터인즉 당초에 원고를 검열하여 불온문서의 출판을 금지함이 통제에 편리한 일이요, ②이미 출판된 것을 압수하면 인민의 경제상 손해가 다대할 터인즉 미리 원고를 압수함이 도리어 득이라 할 것이다. 그러나 제1의 이유에 대하여는 자유 출판을 허락하더라도 압수하는 법규가 있은즉 당국에서는 통제하기에 아무 곤란이 없고 동시에 출판자도 원고 검열의 시대보다 더욱 주의하여 불온문서의 출판이 없도록 할지니 곧 어떤 사람이든지 금전의 손해나 형벌의 고통을 심히 두려워하는 까닭이요, 제2의 이유에 대하여는 출판물을 압수하는 제도가 되면 인민은 아무쪼록 압수 안 되도록 노력하여 경제상 손해가 없음을 기노할지니 낭국에서 그리 염려할 것이 없고 또 혹 출판업자가 부주의해서 출판물이 압수되었다 하면 그는 출판업자 자기의 책임이니 당국에서 이를 먼저 안타깝게 생각할 것은 아니다.

이에 우리는 속히 이 원고 검열의 제도가 개정되어 하루라도 속히 자유 출판이 실행되기를 희망하며 동시에 신문, 잡지도 가급적 속히 허가 제도가 개정되어 신고 제도를 채용하기를 희망한다. 신문, 잡지를 자유 발행하게 하더라도 이상 일반 출판에 관한 설명에 의하여 아무 불가한 일이 없을 줄로 믿는다.

이 출판 문제에 대하여 우리는 더욱 이상한 감상이 없지 않은데 곧 지금 조선에서 일본인은 물론이요 서양인도 원고 검열을 받지 아니하고 자유로 출판하거늘 오직 조선인만이 원고 검열을 당함은 실로 크게 탄식할 일이 무궁하다 할 것이다.

● 장도빈(張道斌 1888~1963)은 『대한매일신보』 기자와 논설위원을 지냈다. 신채호, 홍범도, 이동휘 등과 독립운동을 했으며 평안북도 정주의 오산학교 교사를 지내기도 했다. 1919년부터 1926년까지 한성도서주식회사를 운영하며 『조선지광』 등의 잡지를 발간했다. 이후 역사 연구에 전념했으며 해방 직후 월남해 『민중일보』 등을 창간하는 등 언론 활동에 종사했고 단국대학을 설립, 초대 학장을 지냈다.

조선의 소위 판권 문제

『신천지』 제3권 1호(1948년 1월)
김동인

조선에서 근대 출판의 연혁은 달아보기 어렵도록 모호하다.

이웃에 선진국으로서의 일본이 있고 조선 사람은 대개 일본말과 일본 문을 알며, 조선과 일본과는 같은 나라로 서로 교역하는 이런 살림을 했으니만치, 온갖 서적까지도 일본서 직수입을 했는지라 게다가 또한 조선 사람은 선천적으로 사대성이 있는지라, '조선문 출판'의 필요를 느끼지 않은 것이었다. 그런 관계로, '조선문으로가 아니면 당하지 못하는 학문'이 생기지 않는 한, 조선문 출판은 생겨날 필요성이 없었다.

시골 늙은이나 부녀자를 상대로 한 '옛말책', '소설책'들이 그 시절의 조선문 출판의 전부였다. 국판형의 책에 4호 활자로, 뚜껑은 울긋불긋한 석판쇄로 말하자면 저급 독자를 목표로 한 싸구려 책이었다. 그런 종류의 저작물의 저자는 그런 것을 저술하여, 출판자(대개 서점)*에 돈 10원, 혹은 2, 30원에 넘겨 수고, 출판자는 그런 것을 사서는 자기의 명의로

---

* 당시에는 출판사와 서점이 겸업하는 경우가 많았다.

출판하여 발행하여 왔다. 그리고 그런 저작물이 일단 저작자에게서 출판자에게 넘어간(즉 매매된) 뒤에는, 그 저작물은 재정적으로건 명예로건 도덕적으로건 일체의 권리와 의무가 매주買主에게 넘어가고, 원저자는 아무 책임이 없어진다. 그 저작 때문에 욕먹을 일이 있어도 칭찬 받을 일이 있어도 원주原主가 그 책임자가 된다.

원저자는 무슨 창작욕이나 명예욕 때문에 그 저술을 한 바가 아니고 다만 영리 목표(원고료와 잉크의 실비보다 이로운 대가로 출판업자에게 팔기 위한)로서 한 저술이라, 따라서 그것을 팔아 몇 푼의 돈이 되면 그만이다. 그때의 그런 저술이란 대개 실업失業(혹은 무직)자의 부업으로 되는 것이라, 지금의 '저작물'과는 의의부터 크게 차이가 난다.

그런 저작물을 매수한 출판자는 권리와 책임을 명료히 하기 위하여 출판물 말미에 판자版者의 이름을 올리기는 하지만, 이것은 경제적 필요성에서 하는 일이지 그 저작물의 명예나 비방에 대한 책임을 지고자 해서 하는 일이 아니다. (그러나 그 저작물에 대해서 명예 상으로나 법률 상으로거나 책임 문제가 생기면 그 책임은 원저자는 상관없고 출판자가 그 모든 책임자로 되는 것은 두말할 것도 없다.) 즉, 그 시절(원시시절이다)의 조선 출판이란 것은 그런 것이었고, 원저자와 출판자의 관계란 것도 그런 것이었다.

이것을 지금 우리가 쓰고 있는 현행 법률로 말하자면 저작자가 출판업자에게 대하여 '저작권과 출판권을 아울러 양도'한 것이 된다.

출판업자(업자와 출판권자를 혼동치 말라)가 저작자에게 출판권(이른바 판권이다)만을 양수讓受받았으면 문제가 다르지만 '저작권과 출판권'을 아울러 양수받았으면 그 저작물에서 생기는 비난이며 욕설까지 출판권자가 받을 것이지 원저자에게 갈 것이 아니다. 즉 원저자는 일단 남에게 넘겨준 뒤에는 그 저작물과는 아무 관계가 없이 된 그 사람이라 아무 권리도 없는 대신 책임도 없다.

옛날 소설책들(예컨대 울긋불긋한 석판쇄 표지의 소위 '신소설'들이며 『춘향전』, 『심청전』, 『신구잡가』 등 같은 것)이다.[*] 그런 것으로서 그 원저자가 누구인지도 모르는지라 책임이 갈 까닭이 없고, 출판 명의자에 겸해 출판 저작권자(대개 책방 주인)가 그 저작물의 도덕적 책임까지 홀로 진다.

기미년 삼일운동을 겪은 뒤에 이 땅에도 비로소 출판물의 시대가 왔다. 다른 학문은 일본문의 우수한 책이 많이 있어서 조선 출판의 필요가 없었지만 삼일운동 뒤에 조선 문학, 문학 가운데도 소설이 생기면서 이 조선문 소설(시도 마찬가지이다)만은 외국문으로 당할 수 없는 것이라 자연히 신문학 소설의 출판 필요상 조선문 출판이 등장하였다.

단행본 출판보다 우선 잡지 출판이었다. 그 당시의 출판물과 저작자의 관계는 오늘날로 보자면 진실로 격세의 느낌이 있는 것으로 그때 모 잡지의 사고社告 중에 "기고를 하시면 폐사弊社에서 잘 감정하여서 우수한 원고는 '무료'로 지상에 실어 드릴 터이니 많이 기고하시오"라는 폭소할 것이 있던 시절로서 자기의 글이 활자화되는 것을 큰 명예로 여기고 웬만한 대가를 내고라도 자기의 글을 활자화시켜 보고 싶어 하는 사람도 적지 않은 시절이었다. 이러한 때에 『개벽』 잡지가 발간되며 신문화의

---

[*] 여기에서 김동인이 말하는 책들은 장터 등에서 팔리던 딱지본 소설류를 지칭하는 것으로 보인다. 신소설과 고소설 등이 식민지 시대를 경과하면서 통속화하여 울긋불긋한 표지로 꾸며져 대중적 오락거리로 저잣거리 등에서 싼값에 팔렸다.

정점에 서서 200자 원고지 한 장에 50전(국판 1매 2원)이라는 원고료를 지불하며 원고를 샀다. 동시에 신문학의 작가도 배출하며 따라서 단행본도 나기 시작하였다.

출판문화는 일본에서 배운 것이지만 조선에서는 일본과 달리 출판물은 사륙판형으로 기초를 삼았다. 그리고 호랑이 담배 먹던 시절에 출판업자가 저작자에게 수십 원 내외의 빈약한 돈을 집어 주고 저작물의 저작권과 출판권을 아울러 영구히 완전히 취득하던 대신에 인세법印稅法이라는 것을 일본에서 수입하였다.

인세라는 것은 어떤 것인가. 출판업자가 저작자에게 '1,000부의 1할 즉 100부 대가'를 보수로 지불하고 1,000부의 출판권을 획득하는 것이다. (1,000부가 초과되는 경우에는 1,000부 이상의 부수는 5할을 더한다.) 이것을 인세라 한다.

예전은 주먹 회계로 몇십 원 집어 주고는 저작물의 저작권과 출판권을 아울러 영구히 취득했는데 이 인세법에 있어서는 국한된 부수에 대한 출판권을 입수하는 것이다. 따라서 그 저작물을 재판再版하는 것은 오직 저작자의 전권專權이고 또한 그 대신 그 저작물에서 비난이 생기든가 욕이 오면(칭찬도) 원저자가 받을 것이요, 온 책임이 원작가에게 있다. 출판권자에게는 오직 약속한 부수를 발행할 권리뿐이 있다.

몇십 원 집어 주고는 전권을 획득하는 습관에 젖었던 출판업자에게 있어서는 이 세법은 지대한 고통이다. 이 세법을 거부하고 싶을 것은 인정에 당연한 일이다. 그러나 삼일운동 후 신사조의 물결이 하도 높아서 여기 반항하다가는 악덕인이라는 낙인이 찍히는지라 반항은 감히 못하고 그 대신 인세식의 출판은 그저 회피하기를 위주로 하였다. 그리고 예전 같은 전권 매수식의 출판물만 골라서 출판하였다. 각종 소위 '신구소설'이며 '신구잡지'며 『천자문』, 『사서삼경』, 『삼국지』, 『수호전』 같은 비인세식 출판물만을….

문화 향상을 위한 출판 문화를 목표로 창립된 주식회사 조직의 어떤 출판사도 창립 목표를 망각하고서 『링컨전』, 『칸트전』 등 무엇 무엇 연달아 전권 매수식의 출판만 골라 했지 인세식의 출판물에 손을 대려는 양심적 업자는 없어서 인세식이라는 것은 유명무실에 가까웠다.

삼일운동 후 신흥 기분에 휩쓸린 대중 층은 조선 문학의 서적을 요구하나 새 시대의 저작자층(문인)은 과거의 무직 부업副業적 저작가들처럼 단 몇십 원으로는 자기의 저작물을 출판자에게 주지 않고 출판업자는 또한 인세식으로는 과거의 전권 양수의 폭리식에 비교해 너무 억울하고 이런 가지가지의 이유 때문에 신문학은 좀체 단행본으로는 오지 못하였다.

당시 문학열이 팽창하여 너도나도 시를 쓰고 소설을 쓰던 시절이라 은행원은 주판을 내던지고 상점원은 가게를 내던지고 즉 모두 원업元業을 내던지고 문사가 되었는지라 그들은 문학에서 밥을 구하지 않을 수가 없었다. 따라서 원고료(잡지나 신문에서의) 밖에 단행본으로의 출판 수입이 요구되는 시절이었지만 상기上記한 현상이라 출판 수입은 바랄 수 없고 따라서 문사文士의 생활은 근거가 없었다. 출판업자가 인세 제도를 승복하든가 저작자가 싼값으로 전권 양도를 하든가 둘 중에 하나의 낙착이 없으면 문학 작품은 출판을 못 하고 따라서 문학의 발달은 보지 못할 형편이었다.

이러한 현상 아래에서 출판업자의 간지奸智가 움직였다. 예전 1, 20원 혹은 2, 30원 집어 주고 전권을 사던 그 버릇을 차마 놓기가 아깝고 그렇다고 출판업을 계속 경영하려면 신문학 출판물을 무시할 수 없도록 세태는 변하였고 이리하여 예전에 몇십 원 집어 주던 그 액수를 좀 올려서, 돈 100원, 혹은 좀 더 지불하여, 역시 전권을 사자고 요구하여, 생활에 쪼들리는 문사들의 저작물을 또 '영구하고도 완전히' 획득할 방식을 안출案出하였다. 그러다가 그 가금價金은 차차 '250부의 대가' 이하로 고정이 되어버렸다. 즉, 호랑이 담배 먹던 시절에는 주먹 회계로 몇십원 집어주던 것이 그 액수가 달라져서 '출판물의 250부의 대가' 이하라는 액수로 고정이 된 것이다. 이것을 일컫기를 판권 양도라 한다.

그런데 그 해석이 매우 모호하다. 일부 출판업자는 이 '판권 이동'을 예전의 '전권 이동 원시식全權移動原始式'처럼 그 저작물의 저작권과 출판권을 영구 완전히 이동하는 것이라 한다. 그러나 다른 일부와 저작자 측은 출판권만이 양도된 것이지, 저작권은 저작자에게 그냥 있다 하는 것이다. 그리고 아직 것의 전례로 보아서 소위 판권 이동된 작품에도 저작권에 부수되는 흥행권이며 번역권 등은 원저자에게 그냥 남아 있는 것으로 미루어, 소위 판권 이동은 즉 출판권만 이동된 것으로 볼 것이다. 판권은 남에게 양여하여도 저작권은 작가에게 그냥 남아 있는 것이다. 출판업자에게 양여한 것은 출판권만이다. 아직껏 소위 판권 양도를 전권 양도라 하던 것은 출판업자의 자기 본위의 그릇된 해석이요, 오직 판권이란 출판권일 따름이다.

'신문新聞'이 판권이 이동되면 전권이 이동되는 것을 예증 들어, '판권 이동이란 즉 전권 이동'이라고 주장하는 사람도 있으나, 신문은 저작권이 없는 것이라 그 판권은 전권이 될 것이나, 문학 저작물은 판권을 이동하여도 저작권은 따로 엄존한다.

그러면 출판업자가 어떤 저작물에 대하여 출판권을 설정(현대법은 "출판권을 설정하지 않고는 이를 제삼자에게 주장할 수 없다"고 되어 있다.)하면 그 권리가 얼마만큼 존속하느냐 하면 현대 법률은 "따로 특약이 없는 한 3년간 존속한다."고 되어 있다. 즉 수량적으로가 아니요 시일時日적으로 한계를 정한 것이다. 3년간(기간 동안)에는 백만 부를 출판하든 단 1권을 출판하든 출판권자의 자유요, 저작자는 '좀 적게 발행하라' 혹은 '더 많이 발행해라' 등등의 간섭할 권리가 없고, 3년간은 출판업자의 자유다.

그러니까 출판권자가 3년 이상을 그 권리를 유지하려면 맨 처음 달리 기한을 협의하든가 그렇지 않으면 만기 후 갱신하든가 연장하지 않으면 안 된다.

법률이 보통 민법 이외에 저작권법을 따로 제정한 것은 저작이라는 국가 문화를 좀 더 완전히 보호하고자 보통의 민법만으로는 아직 미흡하기 때문에 저작권법을 따로 만들어 '저작물'과 '저작 행위'와 '저작자'를 더 완전히 보호하여 '그런 소소한 문제는 잘 모르는 현실 문제에 어두운 학사인 서삭자'를 '영리가 복적인 줄판자의 자기 본위의 돌림' 아래 방임치 않으려는 의도 때문이다.

현실 문제에 어두운 저작자가 자기의 저작물(그것은 저작자 개인의 저작물인 동시에 또한 국가의 재산이다.)을 무기한으로 자신의 이익만을 쫓는 사람들에게 빼앗기는 것을 막고자 '특약이 없으면 3년'이라고 국가에서 기한을 한정한 것이다. 입법 정신이 그런 만치 저작물에 대하여서는 상속도 사후 30년으로 다른 재산처럼 '영구 상속'을 인정치 않는다.

그런데 조선에서는 소위 판권 이동은 영구적이라 한다. 이것은 물론 비법非法 행위다. 그것도 법이 제정되기 전인 옛날부터의 관습이 그렇다 하면 할 수 없거니와 저작권법이 제정된 뒤에 법에 위반된 제도거나 관습이 생기면 이런 위법 제도나 위법 관습은 배척할 것이다. 법률의 조문만 아니라 법의 정신에까지 배치되는 제도야 말할 것도 없다.

따라서 출판권의 영구 양도라 하는 조선 현행의 습관(제도)은 법률로든 법의 정신으로든 도덕으로든 인정 못 받을 자이다. 하물며 현대의 조선 풍습은 "저작물에서 금전적 이익(출판 이윤)이 생기면 출판권자가 먹고, 욕이나 비난이 생기면 원저자가 먹는다"는 것임에랴.

현재의 조선에 있어서는 출판에서 분리된 저작권이란 것은 아무 실질적 의미를 갖지 못한다. 그런지라 출판권이란 것은 저작권의 전부라 해도 과언이 아니다. 따라서 현재 조선에 있어서는 판권 양도란 것은 실질에 있어서는 저작권까지 양도한 것이나 큰 차이가 없는 것으로서 이러니만치 판권 양도(250책의 대가 이하)란 것은 따로 협약이 없는 이상은 3년간으로 이전 원시식原始式 같은 무기로는 볼 수 없는 것이다. (도덕상의 책임까지 출판자에게 넘겨서 원저자와는 아주 절연된 저작물은 예외지만) 가령 책으로 출판하여 1원짜리 책이 될 만한 저작물이면 1원짜리 책 250부의 대가代價 즉 250원이란 금액 이하로 그 저작물의 영구적 출판권을 살 수 있다 하는 것은 상식적으로 벌써 틀린 말이다. 원시식보다는 금액으로 얼마 더하다 하지만 역시 상식에 벗어난 일이다.

원칙상 출판 사업도 문화 사업일 것이나 조선에서는 출판 사업이 영리자의 손에서만 운영되었기 때문에 조선의 과거의 출판 사업은 문화 진전을 방해하는 길만 걸었다.

국가가 해방된 오늘 출판도 영리자의 영리 관념에서 떠나서 제 길에 들어서야 할 것이다. 출판도 문화이고 따라서 출판인은 문화인이어야 할 것인데 조선에는 문화와는 너무 거리가 먼 출판인이며, 문화 발전을 저해하려는 출판인이며, 심지어 폭력이나 사기 행위로 판권을 획득하여 이를 영구 유지하려는 악덕자惡德者까지 횡행하니 탄식할 일이다.

출판업으로 대성한 제가諸家의 포부

—

『조광』 1938년 12월

출판 문화의 전당 박문서관의 업적

출판업으로 누만금累萬金을 모았다는 풍설이 항간에 젖어 있는 박문서
관은 어떠한 경로를 밟아 어떠한 서적의 출판으로 그렇게 치부를 하였
나 일반이 궁금해하는 수수께끼를 풀어 보려 기자는 사社*를 나서 종
로로 내달았다. 종로도 가장 번화한 2정목T目의 즐비하게 늘어선 상가
속에 홍진紅塵에 빛을 잃은 백색 벽돌의 소담한 2층 양옥 그것이 박문
서관임은 기자 이미 아는 바라. 다다라 썩 들어서니 언제나 같이 신구
소설류가 천정에 닿도록 전좌우前左右의 삼면 벽에 가득히 들어 꽂혔다.
주인을 찾아 명함을 드리고 내의來意를 말하니 이 반백의 중노인은 보
던 사무를 걷어치우고 의자를 권한다.

"네. 고맙습니다."

하고 기자는 권하는 대로 의자에 몸을 싣고 잠깐 숨을 태인 후,

---

* 현재 이 글을 쓰는 기자가 소속된 잡지사. 조선일보사를 말함.

"이 서점을 시작한 지가 몇 해나 되었습니까?"

하고 묻기 시작했다.

"네. 그게 정미년(1907년) 4월이니까 바로 33년 전입니다. 허! 옛날이지요."

그리고 씨는 그때의 그 시절을 회상이나 하는 듯이 고개를 반쯤 돌리고 묵묵히 무슨 상념에 잠긴다.

"처음에는 봉래정蓬萊町 *에 있었지요?"

"아니올시다. 남대문통南大門通 **에 있다가 봉래정으로 갔었지요. 그랬다 종로로 왔습니다."

"종로로 온 지는 몇 해나 됩니까?"

"대정 14년(1925년)이었습니다."

"그러면 처음에 선생께서 이 서점을 경영하시게 된 그 동기는 어디 있었습니까?"

"동기요? 동기는 그때 우리 조선에도 신문화가 유입되기 시작하는데, 역시 책전 같은 것도 필요할 것 같기에 시작해 봤던 것입니다."

"그러면 처음에 자본금은 얼마나 가지고 시작을 하셨습니까?"

"단 200원을 가지고 시작했습니다."

하고 씨는 지금 생각하면 어처구니가 없다는 듯이 웃으신다. 이 200원이란 너무도 상상 밖의 적은 액수라 기자는 자못 놀라며,

---

* 현재의 서울특별시 중구 봉래동 및 만리동.

** 현재의 서울특별시 남대문로.

"뭐, 200원*이요. 그러면 큰 성공이십니다그려."

하고 저도 모르게 눈을 크게 떴다.

"천만에 이게 무슨 성공이요. 처음보다는 그저 좀 발전된 셈이지요."

"그러면 서점을 시작하고 처음으로 출판한 서적은 무엇이었습니까?"

"지금은 뭐 이야기할 자유들이 없는 서적이었습니다."

"네. 그러면 그다음으론?"

"네. 그 후 말씀이요? 그 후에는 『춘향전』, 『심청전』, 『옥루몽』, 『유충렬전』 그저 이런 것들이었습니다."

그리고 그러한 종류의 구소설들이 아직도 있다는 듯이 손을 들어 저쪽 서가를 가리킨다.

"그래, 그런 것들이 잘 팔렸습니까?"

"잘 팔리구 말구요. 지금도 잘 팔리지요. 예나 이제나 같습니다. 『춘향전』, 『심청전』, 『유충렬전』 이 셋은 농촌의 교과서이지요."

"그러면 그런 것의 출판으로 돈을 착실히 모으셨겠군요?"

"네. 손해는 없었지요. 그러나 거 어디 몇푼 남습니까."

"그럼 출판에 있어서 실패해 보신 일은 없습니까?"

"왜 없어요. 순수 문예서적을 출판했다 손해 보았지요. 염상섭씨라면 문단에 이름도 높으시고 해서 팔리리라고 추측했었는데, 결과는 그렇지 않았습니다."

"춘원 선생 것도 출판하셨지요?"

---

* 당시 1원은 오늘날 화폐가치로 대략 5만원에서 10만원 정도이나 일률적으로 평가하기 어렵다.

"네. 했지요. 한 10여 종 했습니다."

"그래, 그것도 실패였습니까?"

"아니올시다. 춘원은 잘 팔립니다. 다 중간重刊*이 됐지요. 염상섭씨 것은
참 이상하게 안 팔립니다."

하고 그의 명성을 보아서는 너무 의외라는 듯이 다시 한번 말을 거듭
하며 고개를 흔든다.

"그러면 일반적으론 아직도 구소설류가 잘 나가는 형편이구려?"

"그렇습니다. 원체 일반의 수준이 그런 문예소설을 이해를 못하니까요."

하고 자못 통탄할 일이라는 듯이 입을 한번 다신다.

"그러면 앞으로 문예 방면의 서적은 출판할 의향이 없으십니까?"

"왜 없어요. 하겠습니다. 지금까지 어디 우리집에서 책 같은 것을 하나
나 출판해 보았습니까. 앞으로는 문예소설류에 주력하겠습니다."

"참 좋으신 의향입니다. 댁에서 장편소설 전집을 간행한다는 풍설이 있
는데 그게 사실입니까?"

"네. 그건 방금 착수해서 진행하는 중입니다. 춘원의 『사랑』이라는 것
은 벌써 나왔습니다."

"모두 몇 권이나 되십니까?"

"모두 10권입니다. 춘원을 위시해서 염상섭, 김기진 씨, 박월탄 씨 이런
분들입니다."

"네. 문세영 씨의 『조선어사전』노 댁에서 출판하셨지요?"

---

* 여러 번 찍음. 여기에서는 재판 이상 찍었다는 뜻이다.

"네. 했습니다. 그이가 그것을 편찬해 놓고 간행비가 없어서 출판을 못한다는 소리를 듣고 집에서 했지요. 책 같은 책을 처음으로 한번 출판해 봤습니다."

"참, 『조선어사전』의 간행은 우리 학계에 큰 공헌이 있으리라고 믿습니다. 앞으로도 이런 방면의 출판에 주력해 주셨으면 감사하겠습니다."

"네. 생각하고 있습니다. 그러나 『조선어사전』 같은 것은 희생적 출판입니다."

하고, 이번 처음으로 양심적 출판을 해 보신 것이 아주 마음에 만족한 듯한 그러한 태도로 벙글벙글 웃으면서 말을 계속하신다.

"잡지는 무엇이 많이 팔립니까?"

"『조광』, 『삼천리』가 많이 나갑니다."

"내지^{內地}• 것은 취급하지 않습니까?"

"네. 합니다."

"그럼 그것은 어떤 것이 많이 나갑니까?"

"『킹^{キング}』이 많이 나가지요. 『후지^{富士}』도 많이 찾습니다."

"그러면 『조광』 같은 것과 『킹』 같은 것이 어느 것이 많이 나가요?"

"네. 『조광』이 많이 나갑니다. 『킹』은 내어 놓지 않고 두었다 찾으면 줍니다. 그런데 『조광』이나 『삼천리』는 그렇지 않지만 다른 잡지들이야 쪽수가 있어야지요. 하기야 수지가 안 맞으니까 그렇겠지만."

"그렇지요. 어디 수지가 맞습니까?"

_____

• 일본.

"그런데 거기선 어떻습니까. 잘 되지요?"

하고 조선일보 출판부의 소식이 궁금한 듯 말을 부친다.

"네. 조선일보 출판부는 잘됩니다.『조선문학전집』같은 것은 벌써 3판까지 나왔습니다."

하고 기자는 솔직히 대답을 했다.

씨는 딱딱한 의자에 앉았기가 좀 괴로운 듯 약간 몸을 뒤로 젖히며 허리를 편다.

"지금 연세가 얼마입니까?"

"쉰다섯입니다."

"선생께서 일반 출판계에 대한 무슨 요망이 없으십니까?"

"별로 없습니다."

"문인들에게 대해선 무슨 하고 싶은 말씀이 없으십니까?"

"없습니다."

"실례올시다마는 출판업으로 현재 모으신 돈이 얼마나 됩니까?"

하고 기자는 항간의 풍설을 연상하며 물었다.

그러나 씨는,

"뭐 얼마 모았나요."

하고 그 액수에 입은 안 떼신다. 사양으로 안 떼시는지 밝히기가 싫어 안 떼시는지 그저 웃음으로 대답을 받고 만다.

"이렇게 출판업으로 성공을 하시기까지의 고심담^{苦心談}을 좀 들려 주셨으면…?"

"뭐 고심한 것도 없습니다."

"1개월 매상고는 얼마나 됩니까?"

"1개월 매상고요? 글쎄 그렇게는 자세히…, 연 매상고가 한 18만 원가량 됩니다."

"굉장하시군요. 아이참, 바쁘신데 실례 많이 했습니다."

"천만에요."

하는 소리를 들으면서 밖으로 나오는 홍진에 쌓인 종로길 위는 언제나 같이 전차 소리에 귀가 아프다.

척독류^{尺牘類}*에서 산성^{産聲}을 발한 영창서관의 금일
지금은 연 6만여 원의 매상

어느 것도 형이고 아우인지는 알 수 없으되, 한 동생같이 영창서관은 박문서관과 몇 집 건너 나란히 앉았다. 들어서니 주인 강의영 씨는 무슨 회계인지 가방을 들고 온 한 분의 손님과 대좌하여 한참 산알**을 뛰며 주고 거스르고 하기에 분주하다.

기자는 잠깐 눈을 벽으로 돌려 어떠한 책들이 꽂혀 있나 살피며 회계가 끝나기를 기다려 인사를 청하고 내의를 말했다. 씨는 의외라 다시 한번 쳐다보고 일어서 경의를 표한 다음,

"저 같은 것을 찾아 주십니까?"

하고 인사말로 대한다.

---

* 편지 쓰는 법에 관한 책들.

** 주판알.

"출판업이 재미 좋으십니까?"

"네. 그저 그렇습니다."

"그런데 출판업을 시작하신 지가 얼마나 오랩니까?"

하고 기자는 의자를 당겨 정면으로 씨와 가까이 앉았다.

"글쎄올시다."

하고 아무것도 없는 천정을 쳐다보며 궁리를 하더니,

"한 20년 했습니다."

하는데 옆에 섰던 역시 관계자인 듯한 한 사람이,

"왜요. 23년째입지요."

하고 다만 몇 해라도 좀 더 긴 역사를 가지고 있는 것이 사실인데, 알면
서는 줄여 말할 필요가 없다는 듯이 주인의 대답에 정정訂正을 가하여
수첩으로 가던 기자의 붓대를 멈추게 한다.

"그러면 한 20여 년 되었군요?"

"네. 그게 참 대정 5년(1916년)이니까 그렇게 됩니다. 처음에 저 위에(3정
목*을 가리킴) 있다 이리로 내려왔지요."

하고 씨는 그것이 벌써 20여 년인가 자못 세월이 빠름을 다시 한번 새
삼스럽게 느끼지 않을 수 없다는 듯이, 그리고 그 시절의 추억에 잠겨
보는 듯 잠깐 눈을 감아 본다.

"그래 이리로 이사한 지는 몇 해나 됩니까?"

"한 8, 9년 됩니다."

---

* 현재의 서울특별시 종로구 종로 3가.

"이리로 내려오신 원인은?"

"네. 차차 발전이 되니까 자연히 이리로 내려오게 되었지요."

하고 웃으신다.

"그러면 선생께서 서점을 시작하시게 된 동기는 어디 있었습니까?"

"뭐 별 동기 있나요. 저는 어려서 학교에 다닐 때부터 이런 영업이 하고 싶었습니다. 그래서 학교를 그만두자 곧 시작했던 것입니다."

그리고 미소를 짓는다.

"그럼 취미 사업으로 시작하셨군요?"

"그렇지요."

"그럼 그때 처음으로 출판한 서적은 뭣이든가요?"

"척독 같은 것이었지요."

"그래, 그것이 잘 팔렸습니까?"

"잘 팔렸습니다."

"그리곤 어떠한 종류의 것을 계속해 출판했습니까?"

"유행창가집 같은 것도 발행했지요."

"그것도 잘 나갔어요?"

"잘 나가고 말고요."

"『춘향전』이나 『심청전』 같은 것은 안 했습니까?"

"네. 그런데 그때는 책을 교환했습니다. 가령, 갑이라는 출판사에서 갑이 라는 서적을 출판하면 을이라는 출판사에서 출판한 을이라는 서적과 교환을 하고, 같은 서적은 발행하지를 않았습니다. 그랬던 것이 차차 경 쟁을 하게 되면서 판권이 없는 것이라 너도나도 발행을 하게 되었지요."

하고 씨는 과거의 출판 사업에 있어 그것이 가장 인상 깊은 듯이 말하신다.

"그러면 그때 잘 팔리던 책이 무엇이 있습니까?"

"역시 그저 척독류와『춘향전』,『심청전』이런 것들이었지요."

"실례올시다만, 그래 그 시절에 얼마나 모으셨습니까?"

"뭐 모을 게 있나요. 원체 값이 적은 것이 돼서 몇 푼씩 남습니까? 이^利를 좀 봤다는 게 그저 이것저것 여럿을 파는 가운데서…."

하다가 사환 아이가 잘 받지 못하는 것 같은지 손수 일어서 수화기를 받아 든다. 무슨 서적 주문이 들어온 양. 무슨 책이 어떻고 어떻고 한참 분주하시다. 돌아오기를 기다려,

"앞으로는 어떠한 서적의 출판에 주력하시겠습니까?"

하고 다시 말을 계속했다.

"네. 그저 뭐 닥치는 대로 하겠습니다."

"문예서적을 출판할 의향은 없으십니까?"

"그저 무엇이나 닥치는 대로 해 볼까 합니다."

"그런데 출판하는 책에 있어 그 내용보다도 제목으로 팔리지 않습니까?"

"출판을 해 보면 그렇지도 않습니다. 제목이 좋으면 발행 당시에는 좀 팔립니다. 그러나 두고 지나 보면 그렇지도 않아요."

"그러면 내용이 결국은 좌우하는 모양이군요?"

"글쎄올시다. 그런데 보십시오. 이러이러한 책을 출판하면 잘 팔리리라는 자신을 갖고 해도 안 팔릴 때가 있고, 그와 반대로 이런 건 시원치 않은

데 하고 자제를 하다가 한 것도 그것이 의외로 잘 팔릴 때가 있지요."

하고 씨는 그 알 수 없는 독자의 심리에 퀘스천 마크를 기다랗게 한 번

표정으로 그리며 그 알 수 없는 원인에 같이 의아해 달라는 듯이 기자

를 바라본다. 그러나 기자 그렇지 않은지라 독자의 심리를 해부하기에

간난眼難을 느낀다. 화제를 돌려,

"그래, 그렇게 돼서 실패하여 본 적이 있습니까?"

"네. 그러니까 의외의 실패도 하고 의외의 이익도 보게 되지요. 허."

하고 씨는 실패는 보아도 한낱 재미스러운 현상이라는 듯이 빙긋이 웃

는다.

"잡지는 어떤 것이 많이 나갑니까?"

"잡지요? 잡지는 『조광』이 제일 많이 나갑니다."

"네. 조광이 많이 나가요?"

기자 『조광』이 제일 많이 팔린다는데 아니 반가울 수 없어 다시 한번

재처 물으니,

"이 위에 박문서관, 또 건너(덕흥서림을 가리키는 모양)도 있고 해서 갈리

게 그렇지 혼자만 팔면 상당히 팔릴 것입니다."

한다.

"네. 참 그렇겠군요. 출판계에 대한 무슨 요망은 없으십니까?"

"없습니다."

"조선 문인에 대한 요망은 없으세요."

"뭐 있을 게 있습니까. 또 있대야 뭐…."

"실례올시다만, 한 달 매상은 얼마나 됩니까?"

"네. 연 수입이 한 6만여 원 되지요."

"네. 그러세요. 이거 분주한데 실례했습니다. 선생의 사진을 하나 좀 주셨으면?"

하고 요구하여 사진 한 장을 받아 들고 나왔다.

적수[*]로 성공한 덕흥서림의 현형^{**}

덕흥서림을 찾기는 다섯 번이나 하였으나 돈을 모으시는 분이라 좀체 주인은 만날 수가 없다. 출타를 하여 만나지 못하는 때는 그래도 좀 낫다. 번연히 만나서 잠깐이니 촌극^{***}을 내어 달라고 해도 못 내이겠노라 오직 영업에 충실하실 의향만을 보이므로 할 수 없이 기자는 뒤통수를 털며 돌아오기를 수차, 이번까지 못 만나면 그의 자제라도 붙들고 물으리라는 마음을 새려 먹고 사^社를 또 나서기는 10월 11일. 그러나 자제분은 책임상 입을 열지 않는다.

"이제 한 시간 후면 가친^{****}이 들어오실 테니 그때에 다시 한번 와 주십시오."

하고 묻기를 계속할까 보아 자리를 멀리한다. 하는 수 없이 거리를 나와 또 하릴없이 배회하다 오정^{午正} 소리를 들으며 기자는 다시 이 종로 2정목의 순 조선식 2층 붉은 목제집을 향하고 달렸다.

---

* 赤手. 빈손.

** 現型. 현재의 모습.

*** 寸隙. 아주 짧은 시간.

**** 家親. 남에게 자기 아버지를 높여 부르는 말.

요행 주인은 들어와 계시다. 씨도 여러 번 기자를 걸음 걷게 만든 것이 미안한 듯,

"아이, 이것 참 이렇게 여러 번이나…."

하고 기자를 맞아 방 안으로 인도한다. 자부동*을 권하고 담배를 내어 놓고….

"재미 좋으십니까?"

여러 번 다닌지라 기자 이미 친숙한 감이 있어 이렇게 인사를 한 다음 묻기를 시작하였다.

"서점을 시작한 지가 얼마나 오래됩니까?"

"대정 원년(1912년) 10월입니다."

"동기는 어떻게 돼서 시작하셨습니까?"

"동기, 동기요? 네. 그게 말이 좀 길어지겠습니다."

하고 한참 무엇을 생각하는 듯하더니,

"이렇게 되어서 시작을 했습니다. 제가 수원서 올라오기는 바로 명치 43년(1910년)입니다. 수중에는 동전 한 푼 든 것 없이 혼솔이 떨쳐 올라 왔지요. 그러니 어디 의탁할 곳이 있습니까. 게다가 내 식구뿐이 아니라 백씨**의 식구까지 돌보지 않으면 안 될 신세였습니다. 참 생각하면 세상에 빈한빈한해야 나처럼 빈한을 겪은 사람이 또 있을까, 없으리라고 생각합니다."

---

* 座布団. 방석의 일본어.

** 伯氏. 맏형.

하고, 씨는 20세의 아직 철도 채 나지 않은 어린 몸이, 손에는 오직 앞길의 운명을 판단하여 줄 손금밖에 쥔 것이 없이, 가족의 운명까지 짊어지고 사고무친의 이 서울로 밥을 빌러 올라오던 그 시절의 그 간난 정도가 어떠하였던 것인가 하는 그 빈한을 기자에게 인식시키려 자못 그 표현에 궁해 한다.

"아! 참 그렇게 적수로 서울을 오셔서 이렇게 성공을 하셨구려."

기자, 진심으로 그 놀라운 성공에 다시 한번 씨의 관상을 훑어보았다.

"그런데 이거 보세요. 그때 '의진사義進社'라는 서관*이 있었습니다."

하고 씨는 뒷말이 그냥 밀려나옴을 참을 수 없는 듯 말을 계속한다.

"그래, 그 의진사의 서기書記로 들어갔지요. 월급은 4원을 받았습니다. 그러니 그것으로 열 식구가 생활을 하겠어요. 불도 못 지피고 덮지도 못하고 얼음장 같은 맨구들에서 몇 해 겨울을 났습니다."

"그래, 그때에 백씨도 같이 계셨습니까?"

"네. 같이 있었지요. 한 해는 하는 수 없이 제집으로 보내고 참 기가 막힙디다. 굶어가다가도 그래도 어찌어찌 밥이라고 해서 먹다 두면 그게 방 안에서 전부 얼어 얼음이 됩니다. 그러나 배가 고프니 이거라도 먹어야지요. 애들이 그래도 살겠다고 그 얼음덩이를 깎아 먹은 생각을 하면…."

하시는데 바라보니, 씨의 눈시울은 벌겋게 물이 든다. 기자 분명히 이때의 씨의 눈앞에 눈물이 도는 것을 보았다. 그러나 기자, 위로할 말에 궁

---

* 書館. 서점.

하여 잠깐 침묵을 지키는 동안,

"이렇게 방 안에서 몇 해를 지나니, 각기가 생겨서 다리뿐이 아니라 전신이 잔뜩 부어서 촌보도 움직이지 못하고 그 냉돌에 누웠지요. 참 죽는 줄 알았습니다. 그랬더니 지금은 그 의사가 죽었습니다마는 '유기음流氣飮'이라는 한약을 먹고 차차 부기가 낫기 시작해서 살아났지요. 그게 바로 24에서 25세 시절입니다."

하고 자못 감개가 깊은 듯 한숨을 길게 내쉰다.

"참 고초 많이 겪으셨습니다. 그래 서점은 언제 시작하셨습니까?"

"그래 의진사에 들어가서 얼마 되지 않았는데 지금도 있지요. 본정*에 카메야라고, 거기를 누가 천거를 하더군요. 월급을 10원을 줄 것이니 오란다구. 그러나 이미 의진사에 허락을 하고 들어와서 한 달도 못 돼 돈을 좀 많이 준다고 다른 데로 가겠습니까. 사람은 신용이 있어야 하느니라 하고 그 10원짜리 월급을 거절하고 4원짜리를 그냥 붙들고 있었지요. 이게 아마 서적상을 하게 만든 동기인가 봅니다. 그렇지 않고 카메야로 갔던들 나는 지금 어떠한 다른 장사를 하게 되었을 것입니다. 그러니까 서적업은 내 운명인가 보아요. 그런데 그때 그렇게 간난을 겪으면서도 하루 1전씩의 저금을 하였습니다. 그래 1주년이 되니까 한 3원 되더군요. 몇 해 후에 돈 5원을 갖고 의진사를 나와 견지동에다 덕흥서림이라는 책사**를 베풀어 놓았습니다. 그게 바로 대정 원년(1912년)이

---

* 本町. 현재의 서울특별시 중구 충무로.

** 서점, 책방.

지요."

"네. 그래, 그때 처음으로 출판한 서적이 무엇이었습니까?"

"출판이라니요. 5원에서 3원은 집세 주고 2원은 판자를 사다 책시렁을 매 놓으니 돈이 있나요. 그래도 신용이 있어 외상으로 남의 책들을 가져다 놓고 팔았습니다. 그런데 대정 5년(1916년)이지요. 그때 시정 기념으로 서울에 공진회*가 열렸지요. 그래 시골서 온 손님이 여관마다 들이찼습니다. 이 기회를 이용해서 여관으로 돌아다니며 책을 꽤 많이 팔았습니다."

"그래, 그때 이利를 착실히 보셨군요?"

"네. 이라야 뭐⋯. 그런데 바로 그해 대정 5년이지요. 각 학교 참고서의 지정 판매를 총독부로부터 맡았지요."

하고 씨는 오늘까지의 지난 경력을 묻기도 전에 한참 쏟아 놓고 다시 담배를 한 개 파이프에 꽂는다.

"그래, 서적 출판은 언제부터 시작하셨습니까?"

하고 기자는 이야기가 자꾸 옆길로 뻗어나가려는 것을 다시 몰아넣었다.

"네. 그 후부터 시작하였지요."

"어떤 종류의 것을 출판했어요?"

"네. 종류야 뭐."

하고 씨는 그것을 밝혀 말하기가 자못 부끄러운 듯 한참 머뭇머뭇하더니,

---

* 조선총독부가 식민통치 5년간의 발전상을 보여 주기 위해 1915년 경복궁에서 개최한 일종의 박람회.

"척독, 그저 이런 유지요."

한다. 하기에 기자는 이분이 척독이나 이런 구소설류의 그러한 것의 출판을 좀 부끄러워하는 빛이 있으니 이제 누만금을 저축한 이때에 출판업자의 한 사람으로 응당히 양심적 출판에 의향을 가진 것처럼 보여,

"앞으로는 어떠한 서적의 출판에 유의를 하고 있습니까?"

"네. 장편 전집을 하나 내 볼까 하고 생각하고 있습니다."

"네. 참 좋은 의견이십니다. 이렇게 우수한 서점에서 문예서적의 출판을 하셔야지, 어디 되겠습니까?"

"그렇지요. 앞으로 생각하고 있습니다."

"네. 많이 출판해 주세요. 그래서 조선의 출판계를 한번 빛내 주세요. 그런데 지금까지 출판한 것이 몇 종이나 됩니까?"

"한 수백 종 됩니다."

"잡지도 취급하시지요."

"네. 합니다."

"조선 잡지로는 어떤 것이 많이 팔립니까?"

"귀사 출판부에서 발행하는 『조광』, 『여성』이 많이 팔립니다."

하고 씨는 기자를 대해서의 과장이 아니라 그것은 이의 없이 단연 수위라는 뜻으로 끝말을 힘있게 맺으며 기자를 바라보고 웃는다.

"이 종로로 이사 온 지는 얼마나 오래됩니까?"

"대정 12년(1923년)에 왔습니다. 한 만여 원 들여서 지었지요."

"지금도 가족이 많으십니까?"

"제 자식이 4남매에 손자가 7남매입니다."

"1개월 수입이 얼마나 됩니까?"

기자는 인사하고 사진 한 장을 얻어 든 다음 문을 나섰다. 오후 1시를 치는 시계 소리가 어느 전방으로부터선지 "땡!"하고 단조롭게 한 번 들린다.

작가 소개

일러두기

– 책의 저자를 소개하되 찾아보기 쉽도록 가나다순으로 배열했다.

– 여러 작가의 작품을 모은 선집이나 공동 저작의 경우 대표성이 인정되는
　작가만 소개하는 것을 원칙으로 했다.

– 문인 단체가 대표 저자일 경우에는 문인 단체를 소개했다.

– 작가 소개 뒤에 작가의 작품이 실린 페이지를 표시해 두었다.

강경애(姜敬愛 1907~1943)

강경애는 황해도 송화의 가난한 집에서 태어나 총명한 여학생으로 자라났다. 재학 중에는 동맹휴학을 주도하기도 했고 낙향한 후에는 야학교를 개설해 직접 학생을 가르치는 한편 항일여성운동 단체 근우회(1927년)의 지회 설립도 주도했을 정도로 늘 사회를 향한 의식이 깨어 있었다. 당시의 많은 문인들과 마찬가지로 사회주의 사상에 영향을 받았으며 여성 해방 문제를 다루는 데에도 힘을 기울였다. 그녀는 인천과 간도 등에 살면서 그곳 노동자와 동포들의 비참한 생활, 항일유격대의 모습, 식민지 지배에 의한 수탈, 노동자와 농민의 연대 등을 심도 있게 그린 소설을 다수 발표했다. 그 대표작이 『인간문제』, 「소금」 등이다. 말년에는 신병이 악화되어 귀향했고, 결국 병으로 생을 마감했다. _188쪽, 「현대조선여류문학선집」

권환(權煥 1903~1954)

본명은 권경완權景完이며 1920년대 프롤레타리아문학 운동 속에서 활동했던 문인이다. 교토 대학 재학 중 안막, 임화 등과 함께 조선 프롤레타리아 예술가 동맹KAPF(이하 카프) 도쿄 지부 '무산자사無産者社'에서 활동한 것을 계기로 프롤레타리아문학 운동에 깊이 관여하게 되었다. 당시 일제는 사회주의를 엄격하게 탄압해 결국 카프도 해산되었는데, 권환은 카프의 중심인물로 구속되기도 했다. 카프 해산 이후 권환이 발표한 시들은 카프 시절과는 달리 일상적인 삶의 풍경을 그려낸 순수문학의 성격이 강하다. 해방 후 권환은 전前 카프 문인들과 함께 사회주의 이념에 입각한 문학관을 계승하고 다시 활동했지만, 카프 시절의 격렬했던 시풍은 많이 유연해져 있었다. 많은 카프 계열 문인들이 월북하는 가운데 홀로 마산으로 낙향해 여생을 보냈다. _140쪽 「카프 시인집」, 198쪽, 「동결」

김광균(金光均 1914~1993)

김광균은 13세의 나이에 일간지에 시를 발표하는 등 어린 시절부터 문재文才가 빛났던 시인이다. 개성의 송도상업학교를 졸업하고 회사원 생활을 하면서 창작 활동 올 병행했는데, 신춘문예에 시가 당선되면서 공식적으로 등단했고 창작에 매진하고자 회사를 그만두었을 정도로 문학을 사랑했던 시인이다. 시인 오장환과 교분이 두터워 동인회 '시인부락'과 '자오선'에서 함께 활동하기도 했다. "차단한 등불이 하나 비인 하늘에 걸려 있다"라는 「와사등」의 첫 행에서 알 수 있듯, 마치 한 폭의 회화를 보는 것처럼 시를 쓰는 것이 이 시기 모더니즘의 특징 중 하나였는데, 김광균은 세련된 언어 감각을 바탕으로 모더니즘 경향의 시를 썼다. _206쪽, 「와사등」

김기림(金起林 1908~?)

김기림은 시인이면서 비평가로도 명성이 높았다. 일본의 도호쿠 제국대학에서 수학한 후 해방 후 한국전쟁 발발까지 서울대학교, 중앙대학교, 연세대학교 등에서 시와 문학을 강의했을 정도로 뛰어난 지성의 소유자였다. 일본 유학을 마치고 돌아와 조선일보사에서 근무하면서부터 본격적인 문학 활동을 시작했는데, 이효석, 정지용, 김유정, 이태준 등과 함께 구인회를 결성한 것도 이즈음이다. 모더니즘 시론을 체계적으로 소개하고 모더니즘 경향의 시를 창작하며 문학 활동을 시작했으며, 점차 독자적인 문학관이 성숙해지면서 이에 입각한 비평 활동도 활발하게 전개했다. 해방 후에는 새로운 세상에 대한 희망과 의미를 노래하는 등 작품 세계에 변화를 보여 주기도 했다. 한국전쟁 중 서울에 머물다 북으로 가게 되었고, 이후의 행적은 확인할 수 없게 되었다. _158쪽 「기상도」, 146쪽 「태양의 풍속」, 264쪽 「바다와 육체」

김남천(金南天 1911~1953?)

본명은 김효식金孝植이며 노동자 파업에 참여하는 등 직접 사회주의 운동에 뛰어들었던 소설가이다. 카프의 주요 일원으로 활동하면서 소설로써 사회의 모순을 형상화하는 리얼리즘을 드러내는 데 주력했다. 1920년대 카프에 투신한 뒤 카프가 해산된 이후로도 사회주의의 시선으로 세계를 바라보았다. 독창적인 문학관을 피력하는 평론들을 발표하면서 그 문학관에 입각한 소설을 창작했던 것으로 유명한데, 장편소설 『대하』는 그 대표적 사례이다. 김남천의 주된 문학적 관심은 사회의 총체적 현실을 일관된 세계관을 통해 소설로 재현하는 리얼리즘의 문제에 집중되어 있었다. 거의 절필하다시피 일제 말기를 보낸 그는 해방과 동시에 다시 사회주의에 뜻을 둔 문인들을 모아 문단 활동을 재개했다가 1947년에 월북했다. 1953년 북한에서 남로당계가 숙청된 이후의 행적을 확인할 수 없다. _170쪽 「맥」, 174쪽 「대하」

김동리(金東里 1913~1995)

김동리의 본명은 김시종金始鍾이며, 한국의 토속적 세계를 탁월하게 형상화한 소설가로 이름이 높다. 등단작인 신춘문예 당선작 「화랑의 후예」에서 보이듯, 그는 당대에서 주변부로 밀려난 무당, 주모처럼 소외된 인물들을 즐겨 그렸다. 그러나 그의 인물들은 운명에 휘둘리면서도 굴하지 않고 맞서는 강인한 의지를 보여 준다. 첫 소설집 『황토기』에는 그의 작품 세계가 잘 드러난다. 김동리는 본격적으로 문학 활동을 시작한 1935년부터 거의 50여 년이 넘는 기간 동안 활발하게 창작 활동을 하며 수많은 작품을 남겼다. 일제강점기와 해방, 한국전쟁, 유신 시대 등 한국 현대사의 정치적 격변을 경험하면서도 소설 고유의 미학을 추구하며 시대를 초월하는 작품 경향을 고수했다. 해방 후 한국문인협회 이사장과 대한민국 예술원장을 역임했으며, 대학에 재직하면서 많은 후배 문인들을 양성했고 해방 이후 한국 문단의 기둥과 같은 역할을 했으나 말년에 전두환 독재정권을 옹호하기도 했다. _182쪽 「황토기」

김동석(金東錫 1913~?)

해방 이후에 활동한 영문학자이자 시인, 문학평론가이다. 인천에서 태어나 인천상업학교(지금의 인천고등학교)를 거쳐 중앙고보(지금의 중앙고등학교)를 졸업하고 경성제국대학교와 대학원 영문과를 졸업했다. 수필과 시를 쓰기도 했으나 그의 본령은 평론이었다. 해방 직후 주간지 『상아탑』을 주재하며 청록파 시인들을 후원하기도 했다. 그는 문학이 일체의 정치적 영향력에서 자유로워야 한다는 의미의 문학의 순수성과 자율성을 강조했다. 그러나 정치적 상황이 좌우의 이념 대결로 몰리자 그 또한 좌파 진영에서 보수 우익의 문인들과 논쟁을 한 것으로 유명하며 그의 맞수는 김동리였다. 분단 과정에서 월북했으며 휴전협정 때 북측의 통역 장교로 나타나기도 했는데 그 후의 행적은 알려진 바가 없다. 『예술과 생활』을 비롯해 평론집과 시집, 수필집을 짧은 기간에 발간했다. _258쪽 「예술과 생활」

김동인(金東仁 1900~1951)

예술은 사회나 이념으로부터 독립된 것이어야 한다는 신념 아래 문학을 했던 소설가이다. 유학 생활을 통해 일본의 자유분방한 문학 활동을 접했으며 문학을 필생의 과업으로 삼기로 결심한 이래, 거의 쉬지 않고 소설 창작에 전 생애를 바쳤다. 부유한 집안 출신인 그는 고집이 매우 세고 개성이 강했다고 한다. 문학과 예술의 독립성, 자존성을 강조했던 것도 그의 고집에서 비롯되었다고 할 수 있다. 동인지 『창조』와 『영대』의 발간을 주도하고 활발히 작품 활동을 했으나, 두 잡지가 폐간된 후에는 한때 방탕한 생활에 빠져 지내다 결국 파산에 이르렀다. 문인들에게 친일 행위를 강제하는 시대적 압박에 지치고 병약해진 상태에서 해방을 맞았다. 해방 후 과거의 친일 행적을 반성하고 다시 소설 연재를 시작했으나 건강은 갈수록 악화되었고, 결국 중풍으로 쓰러져 식물인간이 된 상태에서 생을 마감했다. _64쪽 「목숨」, 72쪽 「감자」

김동환(金東煥 1901~1958)

함경북도 경성 출생으로 도쿄에서 유학하다 관동대지진(1923년) 때 귀국해 『조선일보』와 『동아일보』 기자를 지냈다. 대표작으로 장편 서사시 『국경의 밤』을 들 수 있는데, 이 시집에는 고향 함경북도의 정서가 스며들어 있어 북방의 토속적 정서와 낭만을 느낄 수 있다. 월간 종합잡지 『삼천리』의 발행인으로 유명하다. 이 잡지를 기반으로 일제 말기 친일 행위에 적극 나섰으며, 해방 이후 이광수, 최남선 등과 함께 반민족 행위 특별 조사 위원회에 체포되었다가 한국전쟁 때 납북되었다. 1958년에 숨진 것으로 전해지며 같은 시대에 소설가로 활동한 최정희가 그의 부인이다. _88쪽 「국경의 밤」

김말봉(金末峰 1901~1962)

부산에서 태어나 정신여학교를 졸업하고 일본 교토의 도시샤 대학 영문과를 다녔다. 『중외일보』 기자로 활동하며 다양한 글을 발표했으며, 1932년에 『조선중앙일보』 신춘문예로 등단했다. 1937년 『조선일보』에 연재한 『찔레꽃』이 크게 인기를 얻으면서 대표적인 대중 통속소설가로 확고하게 자리를 잡았다. 이후에도 여러 신문에 소설을 연재했으며 해방 이후에도 작품 활동은 지속되었다. 공창 폐지 운동 등 다양한 사회 활동을 하고 우리나라 최초의 여성 기독교 장로로도 이름을 높였다.
_190쪽 「찔레꽃」

김명순(金明淳 1896~1951)

여성으로서는 최초로 『생명의 과실』이라는 시, 소설, 수필을 모은 작품집을 출간했다. 평양에서 태어나 서울의 진명여고에서 공부했다. 1917년 월간 종합잡지 『청춘』의 현상 공모에 2등으로 입선하며 문학 활동을 시작했으며 『창조』 동인으로 활동하다가 일본으로 유학을 갔다. 도쿄 여전에서 유학하는 동안에도 활발한 문필 활동을 했으며, 귀국 이후에는 『매일신보』에 기자로 입사했고 1927년에는 영화배우로도 활동했다. 언뜻 화려한 듯 보이지만 김명순의 사회 활동은 봉건적 편견에서 자유롭지 못했다. 1939년 이후 문필 활동을 접고 일본으로 건너가 행려병자로 거리를 헤매다 아오야마의 정신병원에서 숨을 거두었다고 전해진다. _48쪽 「생명의 과실」

김문집(金文輯 1907~?)

대구에서 태어났으며 일본에서 중, 고교를 거쳐 도쿄 제국대학을 중퇴했다. 그의 평론은 좌충우돌로 일관해 문단의 화젯거리가 되었다. 비평의 예술성이나 창조성에 대한 강조가 김문집 비평의 특징이었지만 작품에 대한 비평과 생산적 토론보다는 비난 일색이어서 문단의 공적이 되기도 했다. 다소 돌출적 존재이던 그는 1939년부터 본격적인 친일의 길에 들어섰고 1941년에는 일본으로 귀화했다. 이후 행적은 알려진 바가 없다. _222쪽 「비평문학」

김소월(金素月 1902~1934)

본명은 김정식金廷湜이며 한국을 대표하는 시인 중 한 사람이다. 「엄마야 누나야」, 「금잔디」 등을 발표하며 본격적으로 문학 활동을 시작했고 등단하던 21세부터 문단의 주목을 받았다. 1922년 한 해에만 41편의 작품을 발표했으며 당시의 문단은 섬세한 감정을 민요조 운율에 얹어 노래한 그의 시에 칭찬을 아끼지 않았다. 그는 20대 초반부터 문단의 별이었다. 그러나 정작 공들여 준비하고, 현대의 우리에게 김소월의 이름을 알게 한 시집 『진달래꽃』은 발표 당시 문단과 대중에게 크게 주목받지 못했다. 이에 실의에 빠진 김소월은 낙향해 술에 빠진 불안정한 세월을 보내게 된다. 거의 10년의 세월이 흐른 후, 오랜 공백을 깨고 다시 시를 발표했지만 같은 해 겨울, 끝내 아편 자살로 짧은 생을 마감하고 말았다. 서른셋이라는 너무 이른 나이였다. _90쪽 「진달래꽃」

김억(金億 1895~?)

김억은 서구 문예를 조선에 소개하는 한편, 시 창작에 매진함으로써 한국 자유시의 형태를 갖추는 데 큰 역할을 했다. 오산학교(지금의 서울 오산고등학교) 교사로 있을 때 시인 김소월과 사제의 인연을 맺어 친밀한 관계를 유지했다. 김억은 영어, 일어, 한문뿐만 아니라 에스페란토어에도 정통했다. 그의 뛰어난 언어 능력이 한국 최초의 번역 시집인 『오뇌의 무도』 출간을 가능하게 했다. 『오뇌의 무도』는 서구의 근대시를 번역한 시집으로 자유시 형태를 확립하는 데 결정적인 역할을 했다고 평가받는다. 이후에도 『해파리의 노래』, 『안서 시집』 등을 발표하며 시 창작에 매진했다. 그의 시는 후기로 갈수록 전통적인 리듬을 지키는 정형시의 성격이 강해졌다. 일제 말기에 친일 시를 발표하고 친일 단체에서 활동한 경력이 있으나, 해방 후에는 강사로서 교육계에서 활동했다. 한국전쟁 중 납북되었으며 정확한 사망 원인이나 시기는 알려지지 않았다.
_52쪽 「오뇌의 무도」, 58쪽 「해파리의 노래」

김영랑(金永郎 1903~1950)

전남 강진 출생으로 휘문의숙(지금의 휘문고등학교)을 졸업하고 일본에 유학하다 관동대지진 때 귀국했다. 휘문의숙 재학 시절과 일본 유학 시절 훗날 한국문학을 이끌 많은 문인들과 교유했다. 시인으로서 활동은 1930년 『시문학』의 동인으로 참가하면서 시작했다. 『영랑 시집』은 친구인 박용철에 의해 출간되었다. 시집에는 감각적 기교와 순수한 서정이 녹아 있다. 해방 이후 보수 우익의 입장에서 다양한 사회 활동에 참여했으나 한국전쟁 중 유탄에 맞아 사망했다. _152쪽 「영랑 시집」

김용준(金瑢俊 1904~1967)

화가이자 미술사가, 수필가이다. 1924년 조선미술전람회에 입선했고 이후 일본의 도쿄 미술학교에 유학했다. 초기에는 유화를 그렸으나 후기에는 주로 동양화를 그렸다. 문예지 『문장』의 표지화나 여러 문인들 책의 장정을 맡기도 했다. 신문에 미술평론을 쓰기도 했으며 1930년대 후반에는 한국미술사 연구에 매진했다. 해방 이후 조선미술건설본부에 참여하며 서울대학교 미술대학의 교수를 역임하고 국립대학교 설치안 반대 운동으로 수감되기도 했다. 한국전쟁 때 월북해 북한의 화단을 이끈 중심 화가로 활동했다고 전해진다. _262쪽 「근원수필」

김유정(金裕貞 1908~1937)

김유정은 유복한 집의 아들로 태어났지만 어려서 부모를 잃은 후 지속된 가난과 병마에 시달리며 살았다. 휘문고등보통학교를 졸업하고 연희전문학교(지금의 연세대학교), 보성전문학교(지금의 고려대학교) 등에 학적을 두었지만 낙제, 제적, 자퇴를 거듭하며 평범한 학창 생활을 보내지 못했다. 하지만 김유정은 소설 창작에서 재능을 빛냈다. 그가 평생에 쓴 서른 편의 작품은 모두 수작秀作이라는 평가를 받는다. 주로 소작인, 유랑 농민, 마름, 들병이, 몸종, 카페 여급, 기생 등 하층민의 삶에 관한 소설을 썼으며, 대표작 「동백꽃」이나 「봄·봄」에서 볼 수 있듯이 토속적 언어 사용에 뛰어난 재능을 보였다. 늑막염, 폐결핵, 결핵성 치루 등 거의 평생을 병마와 싸우다 스물아홉의 젊은 나이에 삶을 마감했다. _136쪽 「동백꽃」

김진섭(金晉燮 1908~?)

전남 목포 출신으로 양정고보(지금의 양정고등학교)를 졸업하고 일본 호세이 대학 독문과를 졸업했다. 해외문학파로 활동했고 『해외문학』 창간에 참여했다. 독일 문학 등 해외 문학을 소개하고 번역과 평론 활동을 하기도 했으나 그의 본령은 수필이었다. 수필을 문학적 경지로 올려놓은 문인으로 평가된다. 이양하와 함께 우리 수필 문학의 거두로 자리 잡았으며 『생활인의 철학』은 그의 대표작이다. 해방 이후 서울대학교, 성균관대학교 교수로 재직하다가 한국전쟁 때 납북된 후 행적이 확인되지 않았다. _260쪽 『생활인의 철학』

나도향(羅稻香 1902~1926)

이상, 김유정, 이상화, 김소월 등과 함께 지극히 짧은 생을 살다 간 '요절한 천재' 소설가이다. 그는 스무 살 어린 나이에 연재한 장편소설 『환희』로 독자들의 큰 호응을 얻었다. 그의 소설 덕택에 동아일보 발행 부수가 늘었을 정도였다. 이처럼 화려하게 창작 활동을 시작했지만, 나도향의 삶은 비극적이었다. 나도향은 가업을 잇기 위해 경성의학전문학교(지금의 서울대학교 의과대학)에 입학했으나 장롱 속 돈을 훔쳐 몰래 일본으로 도망가 문학을 공부하려고 했을 정도로 문학을 사랑했던 청년이었다. 들고 간 돈이 떨어져 귀국한 후에는 동인지 『백조』에 참가하고 장편소설 『환희』를 연재하면서 단번에 문단의 명성을 얻었다. 하지만 명성이 돈을 벌어다 주지는 못해서 그는 항상 곤궁한 생활에 허덕여야 했다. 문학 공부를 위해 다시 일본으로 건너갔을 때에는 극도로 궁핍하고 고독한 생활을 보냈다고 한다. 그가 가장 힘든 시간을 보낸 시절에 발표한 「벙어리 삼룡이」, 「물레방아」, 「뽕」은 그의 대표작이 되었다.

_74쪽 「현대조선문학전집 단편집 상」

노천명(盧天命 1911~1957)

황해도 장연에서 태어나 진명여고를 졸업하고 이화여자전문학교 영문과에서 수학했다. 『조선중앙일보』 기자로 일했다. 『시원』 동인으로 활동하고 잡지 『여성』의 편집자로 일했다. 1932년 『신동아』로 등단한 후 여러 지면에 발표한 시를 모아 1938년 『산호림』을 출간했다. 1941년부터 해방될 때까지 친일 활동에 적극 나서기도 했다. _202쪽 「산호림」

모윤숙(毛允淑 1910~1990)

여성 최초로 시집을 출간한 시인이다. 함경남도 원산에서 출생해 개성 호수돈여고, 이화여자전문학교 영문과를 졸업했다. 배화여고, 극예술연구회, 경성중앙방송국, 격월간 문예지 『삼천리문학』 등에서 일했다. 1933년에 여성으로서는 최초의 시집인 『빛나는 지역』을 출간했다. 그러나 1940년부터 해방이 될 때까지 일관되게 친일 활동에 적극적으로 나섰다. 해방 후에도 활발한 사회 활동을 이어가 1947년 파리에서 열린 UN 총회에 한국 대표로 참석했으며 1960년 한국펜클럽 회장, 1969년 여류문인협회 회장 등을 역임하고 민주공화당 전국구 국회의원을 지내기도 했다. 1990년 사망했을 때는 문화 분야 최고의 훈장인 금관문화훈장이 추서되었다. _160쪽 「빛나는 지역」

박두진(朴斗鎭 1916~1998)

박두진은 1930년대 말에 등단해서 죽을 때까지 문학을 손에서 놓지 않은 시인이다. 그를 추천해 등단시킨 정지용은 박두진의 시를 가리켜 '신자연新自然'이라고 설명했다. 박두진은 날로 엄혹해지는 시대에 새로운 개성을 선보이며 나타난 시인이었다. 일제 말기에 침묵을 지킨 그에게 명성을 안겨 준 것은 해방 후 조지훈, 박목월과 함께 낸 시집 『청록집』이었다. 이 시집은 세 사람에게 '청록파'라는 이름을 붙여 주었다. 문학평론가 김동석이 주재한 『상아탑』은 청록파의 온실이기도 했다. 문예지

『문장』을 통해 만난 문우였던 세 사람은 서로 모여 시를 쓰면서 엄혹한 시대를 견디고, 해방 후에 이 시들을 모아 『청록집』을 펴냈던 것이다. 또한 같은 해에 발표한 시 「해」가 문단의 극찬을 받으면서 박두진은 해방기의 중요 시인으로 인정받았다. 해방 후 연세대학교 교수를 지냈으며 한국전쟁과 군부독재 시대를 거치면서 사회참여 의식을 강하게 드러내는 시를 썼다. 만년에 이르러서는 다시 한번 시 세계에 전환점을 맞아 종교와 신앙에 대한 시를 쓰기도 했다. _250쪽 『청록집』

박목월(朴木月 1915~1978)

박목월은 정지용의 추천을 받아 등단해 평생 꾸준하게 시를 썼다. 계성 중학교 재학 시절에 동시를 발표해 친구들로부터 '시인'이라는 별명을 얻었다고 한다. 박목월, 조지훈, 박두진이 함께 일제 말기에 모여서 쓴 시들을 모아 발간한 시집 『청록집』은 세 사람을 단번에 해방 후 주요 시인의 자리에 올려놓았다. 해방 후 좌우익으로 갈린 문인들이 이념 투쟁에 골몰할 때, 자연을 제재로 한 이 시집은 신선한 반향을 불러일으켰다. 또한 이 시집은 우리말로 문학하는 것이 금지되어 있던 일제 말기에 일구어 낸 성과라는 점에서도 중요하다. 박목월은 스스로 이 시집에 그린 자연을 일제 말기의 엄혹한 현실 속에서 찾아 낸 '영혼의 자연'이라고 표현했다. 그는 해방 후 주로 대학 강단에 서면서 꾸준히 시를 발표했고 동시집, 시 해설집 등도 다수 펴냈다. 한양대학교 교수를 역임했다. _250쪽 『청록집』

박세영(朴世永 1902~1989)

박세영은 프롤레타리아문학 운동에 입각한 작품들을 활발하게 발표했고, 월북한 후에는 북한 문학계에서 존경받는 원로 문인으로 남았다. 카프가 결성된 후 그는 사회주의 아동잡지 『별나라』의 편집을 맡아 핵심 필자로 활동하면서 프롤레타리아 아동문학의 발전에 중요한 역할을 했다. 또한 시인으로서 그는 현실의 모순을 비판하고 계급의식과 혁명 의식을 고취하는 시를 다수 남겼다. 카프 지도부가 해산을 결정하는 마지막 순간까지도 해산에 반대하며 자신의 신념을 끝까지 고수했고, 이후에도 혁명적 낭만주의를 보여 주는 시들을 썼다. 『산제비』는 이 시기에 출간한 시집이다. 일제 말기 거의 침묵했던 그는 해방 후에는 다시 활발하게 문학 활동에 나섰고, 월북 후에는 북한 체제의 우월성을 전파하는 시인으로서 안정된 삶을 누렸다. 김남천, 임화, 한설야 등 많은 문인들이 숙청되는 와중에도 그는 1980년대까지 활발히 활동하다가 생을 마감했다. _144쪽 「산제비」

박영희(朴英熙 1901~?)

박영희는 시로 창작 활동을 시작해 소설, 평론으로 범위를 넓혀 활동한 문인이다. 사회주의 사상을 깊이 수용해 1920년대에는 카프에서 주도적인 역할을 했으며 김기진과 더불어 신경향파의 대표적 문인으로 꼽힌다. 그러나 사회주의 운동이 탄압을 받자 전향해서 예술주의를 표방했고 일제 말기에는 황군 위문 작가단으로 활동하는 등 많은 친일 행위를 했다. 한국전쟁 중 납북되었을 가능성이 높으나, 북에서의 생활에 관해서는 알려진 바가 없다. _76쪽 「조선명작선집」, 84쪽 「회월 시초」, 96쪽 「소설·평론집」

박용철(李龍喆 1904~1938)

전라도 광주 출신으로 휘문의숙과 배재학당(지금의 배재고등학교) 등에서 수학했다. 이후 일본 유학을 했으며 잠시 연희전문학교에 다니기도 했다. 문학에 발을 들여놓은 것은 일본 유학 시절 김영랑과의 교유가 계기였다. 사재를 털어 『시문학』 등 잡지 발간과 『영랑 시집』, 『정지용 시집』 등을 출간했는데 1938년에 후두결핵으로 사망했다. 사후인 1939년에 유고시집이 전집의 1권으로 출간되었다. _204쪽 「박용철전집 시집」

박은식(朴殷植 1859~1925)

조선 말기부터 일제강점기까지 활동했던 언론인이자 문인, 독립운동가이다. 황해도 황주의 농촌 서당의 아들로 태어나 정통 성리학을 공부한 유학자였다. 1898년 독립협회의 활동에 영향받아 개화사상을 받아들였고 『황성신문』의 주필로 활동했다. 1904년 『대한매일신보』 주필이 되었고 1906년 이후 다양한 문필 활동을 벌였다. 『서사건국지』도 이 시기에 간행했다. 대표적 저서로 『한국통사』, 『한국독립운동지혈사』가 있다. 1925년 대한민국 임시정부 2대 대통령을 역임했다. _24쪽 「서사건국지」

박태원(朴泰遠 1909~1986)

박태원은 「소설가 구보 씨의 일일」, 『천변 풍경』 등으로 유명한 소설가이다. 이상, 이태준, 김기림, 김유정 등과 함께 구인회의 동인이었다. 구인회는 문인들의 친목이 목적이었는데, 당시 동인들이 새롭고 실험적인 기법으로 창작을 하는 데 관심이 있었기 때문에 이들을 모더니즘 작가로 분류하기도 한다. 구인회가 해산한 후 박태원은 중국 역사소설을 번역하거나 장편소설을 연재하는 등 가족을 부양하기 위한 소설 쓰기에 더 비중을 둔 작품들을 다수 발표했다. 일제 말기에는 친일적인 '국책소설'을 발표하는 등 굴곡을 겪기도 했으나 해방 후에는 좌익 문인들과 함께 활동하다 한국전쟁 중에 월북했다. 북에서 숙청 위기에 내몰렸던 적이 있으나, 1960년에 복귀해 실명과 전신불수를 겪으면서도 대하 역사소설 『갑오농민전쟁』을 최후의 작품으로 써서 남겼다. _120쪽 「소설가 구보 씨의 일일」, 126쪽 「천변 풍경」

박팔양(朴八陽 1905~1988)
경기도 수원에서 태어났다. 1923년 『동아일보』 신춘문예에 시가 당선되면서 등단했다. 경성법학전문학교 재학 시절 정지용 등과 함께 동인지 『요람』을 간행하기도 했다. 1926년에는 카프에 가담했고, 1934년에는 구인회의 동인이 되기도 했다. 『조선중앙일보』 사회부장, 만주의 『만선일보』 사회부장, 학예부장을 지냈다. 분단 이후에는 북에서 김일성종합대학에 재직하다가 1966년 숙청당했으며, 1988년에 사망했다고 전해진다. _142쪽 「여수 시초」

백석(白石 1912~1996)
평안도 정주에서 태어났으며 본명은 백기행白夔行이다. 순정한 이미지와 풍부한 어휘로 서정시를 썼고 오랜 시간이 지난 후에도 평단과 대중의 사랑을 받는 시인으로 남았다. 당시 유행하던 모더니즘의 영향을 받았으면서도 평안도 방언을 풍부하게 활용해 향토적 세계를 탁월하게 그렸으며 다른 누구도 도달하지 못한 아름다운 서정의 세계를 보여 주었다. 백석은 당시의 많은 문인들처럼 일본 유학을 마친 후 돌아와 『조선일보』, 『여성』 등 언론계에 종사했다. 조선인의 일상적 풍속을 잘 그렸으며 다른 시인과 뚜렷하게 구분되는 시풍을 지녔다. 유년 시절 고향의 기억, 여행을 통해 섭한 풍속 등이 시의 주요 제재였고, 방언을 시어로 매우 능숙하게 구사해 개성적인 시 세계를 보여 주었다. 『사슴』에는 이러한 그의 시 세계가 잘 드러나 있다. 해방 후에는 고향인 평안도에 머물며 작품 활동을 지속했다. _200쪽 「사슴」

서정주(徐廷柱 1915~2000)

서정주는 일제강점기, 해방, 한국전쟁, 군부독재 시대 등 한국 근현대사의 질곡에 부딪치면서 때로는 치열하게, 때로는 타협적으로 시를 썼던 시인이다. 그는 언어예술인 시의 성격을 철저하게 파악함으로써 시의 완성도를 높이고자 했고, 총 15권의 시집을 통해 생명, 관능, 본능, 기억, 전통, 신화, 종교 등의 주제들을 다루며 영원성에 대해 사유했다. 일제강점기의 동인 '시인부락'에서 활동하면서 관능적 생명력, 육체성 등을 강조했다. 같은 시기에 활동한 시인 오장환과 유치환 역시 생명의 본질을 파악하려는 작품 경향을 보였기 때문에 세 사람을 함께 '생명파'로 분류하곤 한다. 해방 후 출간한 『귀촉도』에서 『질마재 신화』 등으로 이어지는 기간 동안 향토적이고 전통적인 세계와 인간의 운명에 대한 시를 썼다. 한편, 서정주만큼 친일 행위나 독재자 찬양 같은 개인사적 오점이 작가의 문학 세계와 충돌하는 문인도 없다. 그의 일부 시들은 시인 서정주의 이름을 무색하게 만들 정도이다. _210쪽 『화사집』

손봉호(孫鳳鎬 ?~?)

조선 시대 말부터 식민지 시대에 살았던 인물로 창가唱歌 수집 및 필사자로만 알려져 있다. _30쪽 『창가』

신채호(申采浩 1880~1936)

근대계몽기와 일제강점기의 대표적인 독립운동가, 문인, 역사학자이다. 할아버지에게 한학을 배우고 성균관에서 유학을 공부했다. 독립협회 활동에 소장파로 참여했으며 『황성신문』, 『대한매일신보』에 논설을 썼다. 대한제국 말기에 애국 계몽운동에 힘쓰는 한편, 항일 비밀결사체인 '신민회' 조직에 참여했다. 한일병합조약 이후 중국으로 망명해 만주, 상해, 북경 등에서 활동했고 무정부주의적 성향을 강하게 보였다. 1928년 체포되어 1930년 대련에서 순국했다. 『이태리 건국 삼걸전』, 『을지문덕전』 등을 출간했으며 대표 작품으로는 「용과 용의 대격전」, 「꿈하늘」 같은 문학작품 이외에 『조선상고사』, 『조선사연구초』 등이 있다. _28쪽 『을지문덕』

심훈(沈熏 1901~1936)

심훈은 서른여섯 해라는 길지 않은 삶을 살았지만, 시와 소설을 쓰고 영화배우와 감독을 겸하는 등 다양한 분야를 종횡무진하며 재능을 발휘했다. 저항 의식과 민족의식을 격렬하게 표현한 시 「그날이 오면」의 작가로 널리 알려졌으며, 농촌에서 문맹 퇴치 운동과 공동경작 사업을 벌이는 젊은이들의 모습을 그린 소설 『상록수』가 그의 대표작이다. 그는 대중의 눈높이에 맞는 소설을 창작하려 했는데, 이는 그가 사회주의를 수용해 민중이 쉽게 다가갈 수 있는 예술을 지향했기 때문이다. 심훈은 남녀의 연애 문제를 중심에 두고 봉건제의 모순 같은 사회 문제를 다루는 데 탁월한 능력을 보였다. 『상록수』의 단행본 출간과 영화화를 진행하던 중 장티푸스로 생을 마감했다. _134쪽 「상록수」

안국선(安國善 1878~1926)
안국선은 『금수회의록』 같은 소설을 비롯해, 『정치원론』, 『연설법방』 같은 정치 관련 서적을 출간하고 「가정경제론」, 「고대의 정치학」 등의 논설을 활발히 발표한 근대계몽기의 문필가이다. 소설가 안회남安懷南이 그의 아들이다. 안국선은 군부대신軍部大臣이던 큰아버지 안경수의 후원을 받아 관비 유학생으로 선발되어 일본에서 유학했다. 그의 이름을 조선 사회에 널리 알린 『금수회의록』은 동물 우화의 형식을 빌려 계몽사상을 설파한 소설이다. 최근 연구에 의해 『금수회의록』은 일본 메이지 시대의 소설 『금수회의 인류공격』을 번안한 작품이라는 사실이 밝혀졌다. 또한 안국선이 1915년에 간행한 『공진회』는 우리나라 최초의 단편소설집이다. _20쪽 「금수회의록」

염상섭(廉尙涉 1897~1963)
염상섭은 「표본실의 청개구리」, 「만세전」, 『삼대』 등 문제적인 작품들을 창작한 한국의 대표적인 소설가이다. 1920년대부터 1960년대까지 이어진 그의 창작 활동은 곧 한국 소설의 형성 과정을 보여 주는 예라고 할 수 있을 정도이다. 그는 식민지 조선의 사회상에 특히 관심을 기울여 매우 진지한 태도로 문학 창작에 임했다. 일제강점기 내내 식민지 조선의 혼란스럽고 복잡한 현실의 여러 측면을 소설로써 형상화한 많은 작품을 발표했다. 장편소설 『삼대』와 『무화과』 연작이 그 대표적인 작품이다. 또한 해방 후의 사회상을 그려낸 『효풍』, 한국전쟁 발발 후 공산주의 치하의 서울 생활을 경험하고 발표한 『취우』 등에서도 볼 수 있듯, 염상섭은 동시대인이 겪고 있는 현실을 결코 외면하지 않았다. 그리하여 그의 소설은 복잡한 현실을 포착해 문학으로 탁월하게 형상화하는 감각이

항상 빛날 수 있었다. _68쪽 「견우화」, 80쪽 「만세전」, 110쪽 「삼대」, 242쪽 「해방
문학선집」

오장환(吳章煥 1916~1953?)

오장환은 열여섯, 열일곱의 어린 나이로 시를 발표하면서 관심을 모으
기 시작했고, 서정주, 김동리, 함형수 등과 동인 '시인부락'을 결성해 왕
성한 작품 활동을 했다. 자비 출판으로 100부 한정본으로 냈던 첫 시집
『성벽』에 대한 평단의 반응도 매우 좋았다. 그는 서점 겸 출판사 '남만서
방南蠻書房'을 직접 설립하고 경영하면서 시 창작에 매진했다. 방랑벽도
있었고 경제적 궁핍도 사라지지 않았지만 꾸준히 시를 썼다. 생전에 모
두 5권의 시집을 간행했는데, 첫 시집 『성벽』이 데카당스한 분위기와 절
망감, 멜랑콜리를 보여 주었다면 네 번째 시집 『나 사는 곳』에서는 현실
을 비판하고 정치적 타락을 진술했다. 해방 후 좌익 계열 문인들과 함께
활동하다 분단을 전후해 월북했고 다섯 번째 시집 『붉은 기』는 북한에
서 간행했다. 월북한 지 얼마 지나지 않아 지병인 심장병으로 생을 마감
했는데 사망 시기는 정확하지 않다. _194쪽 「헌사」

유진오(兪鎭午 1906~1987)

유진오는 경성제국대학 법문학부를 졸업할 때까지 단 한 번도 수석을
놓친 적이 없다고 한다. 그는 일찍 개화사상에 눈 뜬 법률가 집안에서
태어났는데, 개화운동가 유길준과도 가까운 사이였다. 유진오 역시 그
시대의 다른 문인들처럼 사회주의 사상에 영향을 받은 소설을 창작하
며 본격적인 문학 활동을 시작했다. 그러나 일제 말기로 다가갈수록 이
념에 입각해 세상을 관찰하기보다는, 「김강사와 T교수」처럼 눈앞의 현
실을 냉정하게 관찰하는 소설을 쓰기 시작했다. 해방 이후 문학 활동을
중단했으나, 제헌 헌법을 기초하고 강단에서 법학을 가르쳤으며 정치 현
장에 뛰어들기도 했다. _108쪽 「봄」, 168쪽 「유진오 단편집」

유진오(兪鎭五 1922~1950)

소설가 유진오兪鎭午와 동명이인이다. 해방 직후 등장한 시인으로 김광
현, 김상훈, 이병철, 박산운 등과 『전위시인집』을 출간했다. 이 시집을 공
동으로 출간한 시인들의 이력은 대부분 구체적으로 연구되지 않았다.
시인 유진오는 서울 중동학교를 졸업한 이후 일본에서 수학했다. 해방

직후 격정적인 상황에서 당시의 시대적 분위기를 표현한 시를 여러 곳에 발표했고 개인 시집 『창』을 출간하기도 했다. 좌파 청년으로 분단을 전후한 시기에 빨치산 활동을 하는 과정에서 체포되어 투옥되었으나 한국전쟁 발발 시 긴급 처형된 것으로 추정된다. _248쪽 『전위시인집』

유치환(柳致環 1908~1967)

서정주, 오장환 등과 함께 1930년대 후반에 활발히 활동하면서 '생명파'라는 칭호를 얻은 시인이며 극작가 유치진의 동생이다. 유치환은 일본 유학 시절부터 형의 영향을 받아 문학에 관심을 가졌으나, 본격적으로 시를 쓰기 시작한 것은 20대 중반부터이다. 시를 일컬어 "생명의 표현, 혹은 생명 그 자체"라고 했으며, 「깃발」과 「생명의 서」에서 보이듯 웅장한 남성적 어조가 돋보이는 그의 시는 생명에 대한 예찬과 함께 허무와 애수, 무위無爲를 동시에 드러내는 특징을 보인다. 일제 말기에 만주로 이주해 정미소를 경영하기도 했는데 태평양전쟁을 옹호하는 글을 발표하는 등 친일의 오명을 남겼다. 해방 후 한국전쟁에 종군작가로 참여했고, 후에는 여러 학교의 교장으로 근무하며 시를 썼다. _218쪽 『생명의 서』

윤동주(尹東柱 1917~1945)

청년 특유의 섬세하고 깨끗한 서정성이 돋보이는 윤동주의 시는 많은 사람들의 사랑을 받아 왔다. 그는 누구보다 문학을 사랑했으나 격랑의 시대는 그를 휩쓸어 갔다. 스물아홉 젊은 나이에 이국의 감옥에서 스러진 삶이 그의 시에 슬픔과 안타까움을 더한다. 중국 길림성에서 태어난 윤동주는 어린 시절부터 시를 좋아해 동시를 쓰기도 했고 정지용과 백석의 시집을 탐독했다고 한다. 1930년대 말 연희전문학교 재학 시절부터 본격적으로 시를 발표했는데, 이때는 일제의 탄압이 날로 가혹해지던 시기였다. 암담한 현실에 대한 절망감과 청년 특유의 맑고 곧은 성정이 함께 나타나는 윤동주의 시에는 이처럼 뜻하지 않은 시대를 힘겹게 살아가는 젊은이의 초상이 담겨 있다. 그는 생전에 검열과 궁핍한 형편 때문에 자필로 묶은 시집을 한 권 남겼는데 그가 죽은 뒤 『하늘과 바람과 별과 시』라는 제목으로 출간되었다. 연희전문학교 졸업 후 일본에서 유학했으나 1943년 7월 독립운동 혐의로 체포되어 일본 후쿠오카 형무소로 이송되었고, 해방을 불과 6개월을 앞둔 시점에 옥사했다. _252쪽 『하늘과 바람과 별과 시』

이광수(李光洙 1892~1950)

우리나라 최초의 창작 장편소설 『무정』을 비롯한 많은 소설과 평론을 쓰며 문명文名을 얻은 문인이다. 식민지의 지식인으로서 조국을 계몽하고 민족의 명맥을 보전해야 한다는 열망이 그의 왕성한 문학 활동을 지탱한 동력이었다. 오산학교 교원, 『독립신문』 사장 겸 주필, 『동아일보』 편집국장 등 다양한 직업을 거치면서 평생 방대한 양의 글을 썼다. 「민족개조론」처럼 논란과 물의를 일으킨 평론도 있었지만, 그가 발표한 대부분의 소설들은 대중의 사랑을 받았다. 그는 조선 근대문학의 초석을 다진 문인으로서 언제나 대중과 평단의 주목을 받으면서 계몽주의, 민족주의, 인도주의를 호소했다. 그러나 일제 말기에는 학도병을 권유하는 글을 발표하는 등 적극적으로 친일 행위를 한 전력 때문에 평가는 엇갈린다. _46쪽 『춘원단편소설집』, 50쪽 『무정』

이기영(李箕永 1895~1984)

장편소설 『고향』으로 잘 알려진 소설가이다. 비교적 늦은 나이에 일본에서 유학했지만, 많은 카프 문인들처럼 유학 생활 중 사회주의 사상을 접했고 이후 평생 사회주의 이념을 고수하며 창작 활동을 했다. 카프의 발기인으로 참여하면서부터 피폐한 농촌의 현실을 날카롭게 그려 냈으며, 노동자와 농민의 연대를 중점적으로 형상화한 작품들을 발표했다. 필명이 민촌民村이었던 것에서 알 수 있듯, 그의 소설의 제재는 언제나 조선 민중이 겪고 있는 현실이었다. 대표작 『고향』은 1930년대 조선의 농촌을 배경으로 노동자와 농민이 살아가는 구체적인 현실을 그린 작품으로 유명하다. 해방 후에는 월북해 북한 문학계에서도 주도적인 활동을 했다. _104쪽 『민촌』, 112쪽 『고향』, 176쪽 『봄』

이무영(李無影 1908~1960)

어린 시절부터 문학가의 꿈을 품고 자랐으며 평생 소설 쓰기를 손에서 놓지 않았다. 그의 아버지는 전형적인 농민이었다고 하는데, 이무영이 농민과 농촌 생활을 소재로 한 생생하고 구체적인 작품을 쓸 수 있었던 것은 자신의 체험과 함께 아버지가 모델이 되어 주었기 때문이다. 전시체제가 강화되던 1930년대 말, 기자직을 사임하고 귀농해 창작에 전념하겠다는 결단을 내린다. 이무영에게 문명을 얻게 한 소설들은 그가 귀농한 이후에 창작한 소설들로, 특히 귀농의 과정을 다룬 「제일과 제일장」, 「흙의 노예」 등이 유명하다. _138쪽 「흙의 노예」

이병기(李秉岐 1891~1968)

시조 시인이자 국문학자이다. 전북 익산 출생으로 휘문고보 교사를 지내며 시조와 관련한 여러 글과 현대적 감각을 지닌 시조를 창작해 발표했다. 주시경의 제자이기도 한 그는 조선어학회 한글 운동에도 나섰고 이 때문에 옥고를 치르기도 했다. 정지용, 이태준 등과 함께 문예지 『문장』을 이끌기도 했으며 1920년대 중반 이후부터 지속적으로 시조를 창작했다. 한국문학 연구자로 그가 집필한 『국문학개론』, 『국문학전사』 등은 한국문학연구서로 고전의 반열에 올랐다. _212쪽 「가람 시조집」

이상(李箱 1910~1937)

본명은 김해경金海卿이며 어린 시절부터 회화, 건축, 시, 소설 등 다방면의 예술 분야에서 천재성을 드러내었다. 주변에는 그의 천재성을 알아보는 사람들이 많았지만 정작 자신은 불안정한 삶을 지속하다가 지나치게 일찍 죽고 말았다. 이상은 경성고등공업학교(지금의 서울대학교 공과대학) 건축과를 졸업한 후 조선총독부 내무국 건축과와 회계과에서 근무했다. 식민지 출신의 조선인으로서는 드문 출세였으나, 폐결핵이 악화되어 요양을 해야 했기 때문에 3년 만에 직장을 그만두었다. 이후 폐결핵은 그의 삶을 집요하게 따라다니며 괴롭혔다. 25세 때 구인회에 가입하면서 본격적인 문학 활동을 시작했으며, 대표적인 작품 「날개」를 비롯한 많은 작품들이 이로부터 3년여의 짧은 기간 동안 발표되었다. 3년 후 이상은 도쿄로 떠났으나 '사상불온자'로 체포되어 수감되었고, 그 영향으로 결국 생을 마감하기에 이른다. 그의 작품들은 해방 이후 동료 문인들의 손에 수습되어 비로소 세상의 빛을 보게 되었다. _128쪽 「현대조선문학전집 단편집 중」, 154쪽 「이상 선집」

이상화(李相和 1901~1943)

호방한 기질을 가진 이상화는 문학에 청춘을 뜨겁게 바쳤지만 문학이 그에게 많은 것을 놀려주지는 않았다. 프랑스 유학을 꿈꾸며 일본에서 공부했으나 관동대지진 이후 꿈을 포기하고 귀국했다. 돌아와서는 동인지 『백조』 시절 알게 된 김기진, 박영희 등과 더불어 신경향파 운동에 뛰어들었고 카프에서 활동했다. 민족주의적 성향과 사회를 향한 관심이 결합된 그의 대표작 「빼앗긴 들에도 봄은 오는가」를 발표한 것도 이때였다. 하지만 카프와 뜻을 달리하면서부터 문학에서도 점차 멀어졌다. 이상화는 무장 독립운동에 연루되어 고문을 당하기도 했고, 보수를 받지 않고 학생들을 가르치기도 했으며, 유학 시절 사랑했던 여인과 사별의 아픔을 겪기도 했다. 피 끓는 청년의 삶을 산 이상화는 1943년 위암으로 43년의 삶을 마감했다. _86쪽 「조선시인선집」

이용악(李庸岳 1914~1971)

이용악은 서정주, 오장환과 함께 1930년대 조선의 시단에서 주목받았던 시인이다. 긴 유학 시절 가난으로 힘들었으며, 방학 중에는 간도 등지에서 조선 동포들의 비참한 삶을 보고 들었다. 그의 첫 번째 시집 『분수령』과 두 번째 시집 『낡은 집』은 모두 유학 시절에 썼던 작품들을 엮은 것으로, 당시 시인이 보고 들은 고향 잃은 가난한 사람들의 애환을 그린 작품들이 주를 이룬다. 귀국 후 평론가 최재서가 주관하던 잡지 『인문평론』의 편집기자로 근무하면서 본격적인 문학 활동을 시작해 문단의 주목을 받았다. 이때 발표했던 시 「오랑캐꽃」이 문단은 물론 독자들의 호응을 크게 얻었다. 일제 말기에는 친일 행위의 강요를 견디다 못해 절필하고 고향인 함경북도 경성으로 낙향했다. 해방 후 문학 활동을 재개했으나, 1949년 이승만 정권에서 좌익 문인으로 낙인찍혀 징역형을 언도받았다. 한국전쟁 중 월북한 것은 고향이 북쪽이기도 했으나, 이러한 개인 사정도 계기로 작용했을 것이다. 월북 후에는 북한 문학계에서 활동을 이어갔다. _196쪽 「낡은 집」

이육사(李陸史 1904~1944)

본명은 이원록李源綠이며 퇴계 이황의 14대손으로 태어나 어려서부터 유교 문화의 중심지에서 자라났다. 항일 독립운동에 평생을 바치면서 시를 썼는데, 전통적인 양반이 그러하듯 그에게 문학과 실천은 별개가 아니었다. 일본과 중국에서 수학하는 한편 무장 독립 투쟁에 투신했고, 귀국해서는 『조선일보』, 『중외일보』에 근무하며 독립운동을 지속했다. 그런 까닭에 생전에 17번이나 투옥되었는데, 그의 호인 '육사陸史' 역시 수인번호 '264번'을 딴 것이라 한다. 이처럼 반복되는 체포와 투옥의 와중에 쓴 그의 시들은 꺾이지 않는 의지를 남성적인 어조로 노래한 것이 많다. 자신의 삶을 바쳐 민족의 독립을 위해 싸웠으나, 이육사는 생전에

광복을 보지 못하고 북경 시내의 일본 영사관 감옥에서 순국했다. 해방 후에야 비로소 그의 이름을 단 시집이 출간되었다. _216쪽 「육사 시집」

이은상(李殷相 1903~1982)

한국을 대표하는 시조 시인이자 문필가이다. 경남 마산 출생으로 연희 전문학교, 와세다 대학 등에서 수학했다. 『동아일보』 기자, 『조선일보』 출판국 주간 등을 역임했다. 1920년대부터 여러 잡지에 시와 평론, 수필 등을 발표했으며 1930년대부터는 시조 시인으로서 확고한 자리를 차지했다. 해방 이후에는 이충무공 기념사업회 이사장, 안중근 의사 숭모회장, 독립운동사 편찬위원장 등 다양한 사회 활동을 했으며 국토 순례 기행문, 애국선열의 전기를 많이 남겼다. _162쪽 「노산 시조집」

이인직(李人稙 1862~1916)

이인직은 『국민신보』, 『만세보』의 주필과 『대한신문』의 사장을 역임했던 언론인이자 『혈의 누』, 『귀의 성』, 『치악산』 같은 신소설을 쓴 소설가이다. 39세라는 늦은 나이에 관비 유학생으로 선발되어 도쿄 정치학교에 입학했고 러일전쟁이 끝난 후 『국민신보』, 『만세보』의 주필로 재직하면서 『혈의 누』, 『귀의 성』 등의 신소설을 발표해 큰 인기를 얻었다. 그의 작품들은 이후 다른 신소설들이 따르는 전범이 되었으며, 조선의 '신문학'을 개척했다는 평가를 받았다. 이인직은 조선의 봉건적 인습과 이로 인한 모순을 사실적으로 묘사하면서 이를 개혁해야 한다는 개화사상을 작품 속에 드러냈다. 그러나 조선이 근대화되기 위해서는 일본과 독일 등을 모범으로 삼아야 한다는 관점은 결국 일본에 의한 조선의 식민 지배를 합리화하는 것으로 이어진다는 점에서 치명적 한계가 있었다. 이인직은 한일병합조약의 막후에서 이완용의 밀명을 받아 활약하는 친일적 행적을 보였고, 한일병합조약 후에는 주목할 만한 정치 활동이나 창작 활동을 보여 주지 않았다. _18쪽 「혈의 누」

이태준(李泰俊 1904~?)

이태준은 유려한 문장을 쓰는 소설가로 이름이 높았다. 그는 어린 시절에 부모를 잃고 가난과 고독으로 가득 찬 청년기를 보냈다. 하지만 섬세한 인간 세정世情과 심경의 묘사가 돋보이는 그의 단편소설에는 서정성이 매우 풍부하게 담겨 있다. 이처럼 풍부한 서정성 덕분에 이태준은 우리나라의 대표적인 단편소설가로 평가받는다. 이태준은 단편집 7권, 장편소설 13권을 발간하는 등 꾸준히 창작에 매진했던 성실한 소설가였다. 일제 말기에 그 역시도 친일적 글을 쓸 수밖에 없는 상황에 몰렸고, 이에 수치를 느낀 이태준은 낙향해 침묵을 지키다 해방 후에 서울로 돌아와 카프 계열의 문인들과 행동을 함께하다가 1946년에 월북했다. 일제 말기와 해방 직후의 분위기, 작가의 심정은 「해방 전후」라는 소설에 잘 표현되어 있다. 이태준은 1956년 숙청당했는데, 숙청 이후의 행적에 관해서는 자세히 알려진 바가 없다. _118쪽 「달밤」, 180쪽 「이태준 단편집」, 228쪽 「무서록」, 238쪽 「해방 전후」

이하윤(異河潤 1906~1974)
경성제일고보(지금의 경기고등학교)를 수료하고 일본에 유학해 영문학을 전공했다. 일제강점기에는 여러 학교에서 교편을 잡았으며 『중외일보』, 『동아일보』에서 기자 생활을 했다. 『해외문학』 동인으로 활동하면서 시를 발표하기 시작했고 1939년 『물레방아』를 간행했다. 그는 외국 시 번역에 많은 정열을 기울였으며 해방 이후에는 서울대학교에서 정년퇴직했다. 수필가로도 이름이 높다. _214쪽 「물레방아」

이해조(李海朝 1869~1927)
이해조는 『고목화』, 『빈상설』, 『자유종』 등 많은 신소설을 발표해 이인직과 더불어 대중의 사랑을 받았던 대표적 신소설 작가이다. 이인직과 같은 시대에 활동했지만, 이인직이 언론 활동과 정치 활동에 역점을 두었던 것과 달리, 이해조는 창작에만 몰두했다. 신소설 창작, 판소리 각색, 외국 소설 번역 등 다방면에 걸쳐 문재를 발휘했다. 이해조는 인조의 셋째 왕자인 인평대군의 10대손으로 양반가의 전통 속에서 자랐다. 30대 후반의 늦은 나이에 본격적인 사회 활동을 시작했고, 『제국신문』에 입사하면서부터 활발하게 소설을 창작했다. 한일병합조약 후에는 『매일신보』에서 소설 창작을 이어갔다. 그는 소설을 통해 당시의 조선 사회를 사실적으로 묘사하는 데 힘을 기울였다. 봉건 제도의 모순을 다루고 개화사상을 적극적으로 드러낸 소설부터, 가정 내의 갈등을 중심으로 흥미진진한 이야기를 엮어 낸 소설까지, 작품의 스펙트럼도 굉장히 다양하다. 모두 30여 편에 이르는 작품을 남겨 신소설 시대 최대의 작가로 평가받는다. _22쪽 「자유종」

이효석(李孝石 1907~1942)

이효석은 경성제국대학 영문과를 졸업한 엘리트 문화인이었다. 이효석은 사회주의의 영향을 받은 소설을 발표하며 창작 활동을 시작해 토속적 정취 가득한 「메밀꽃 필 무렵」 등을 썼고, 인간의 본능을 깊이 탐구한 『화분』 같은 장편소설을 쓰기도 했다. 그는 서양과 동양이라는 지역을 초월해 보편적인 '아름다움'을 찬양한 심미주의자로 잘 알려져 있다. 그가 남긴 많은 소설은 각각 독특한 개성을 가지고 있으나, 그는 주로 아름다움, 성性, 사랑 같은 인간의 보편적인 관심에 주목했다. 이효석은 만 35세에 결핵성 뇌막염이 악화되어 세상을 떠났다. 재능을 미처 다 꽃피우지 못한 너무 젊은 나이였다. _130쪽 「이효석 단편선」

임화(林和 1908~1953)

본명은 임인식林仁植이며 한국 근대문학사에서 임화만큼 화려한 이력을 가진 문인을 찾아보기도 힘들다. 그는 어려서부터 꿈을 가졌던 문학뿐만 아니라 평론, 영화, 연극, 미술 등 다방면의 예술 분야에 관심을 기울였고, 〈유랑〉(1928)이나 〈혼가〉(1929)와 같은 영화에는 직접 배우로 출연하기도 했다. 또한 사회주의 사상을 깊이 수용해 사회주의문학 운동에서 주도적인 역할을 했다. 문학, 영화, 연극, 미술 등의 예술은 모두 식민지 시기의 조선에 새로이 유입된 신문물이었다. 임화는 예술 각 분야에 관심을 기울여 적극적으로 참여하는 한편, 카프 활동을 계기로 프롤레타리아문학 운동에서 두각을 나타냈다. 그는 시 창작 이외에 평론에도 주력하면서 한국의 대표적 평론가로서 이름을 날렸고, 이후에는 문학사 서술에 힘을 기울였다. 그의 평론집 『문학의 논리』는 여전히 한국문학을 대표하는 명저로 남아 있다. 두 번째 부인인 지하련도 소설가이다. 해방 후 임화는 남조선노동당의 정치 노선에 맞춰 문학 활동을 벌이다가 김남천과 함께 월북했다. 이후 북한 문학계에서 활동했으나 1953년 휴전 직후 남조선노동당 계열 인사들과 함께 미국 스파이 혐의로 체포되어 사형되었다고 전한다. _192쪽 「현해탄」, 224쪽 「문학의 논리」

정인보(鄭寅普 1893~1950)

서울 출생으로 조선 후기 명문가의 후예이자 당대 대학자로 알려진 인물이다. 정치적 문화적 계몽운동가이자 독립운동을 하면서 몇 차례의 옥고를 치르기도 했다. 근대 한국학 연구의 태두로 불리기도 하며 언론과 학계에 몸담았다. 해방 이후에는 국학대학의 초대 학장으로 취임했으며 이승만 정부의 초대 감찰위원장(감사원장)으로 일하다 뜻을 펴기 어렵다고 판단해 1년 만에 사임했다. 해방 직후 보수 우익의 문화단체인 전조선문필가협회 초대 회장으로 선출되었다. 한국전쟁 때 납북되었는데 그 과정에서 사망한 것으로 알려져 있다. _246쪽 「해방기념시집」

정지용(鄭芝溶 1902~1950)

정지용은 창작 활동을 시작한 때부터 동료와 선후배 문인들의 존경과 감탄 속에서 문단의 주목을 한 몸에 받았던 시인이다. 1920년대부터 1940년대까지 꾸준히 발표된 그의 시는 시간이 지남에 따라 다양한 변화를 보이지만 작품의 높은 완성도는 변함이 없어 그의 재능을 짐작하게 한다. 문예지 『시문학』과 구인회의 동인으로 참여하며 문인들과 활발히 교류했고, 나중에는 『문장』의 시 추천위원으로서 신인들을 발굴하는 등 중견 문인으로서 위상을 확고히 했다. 초기 시는 모더니즘 경향이 두드러졌다. 후기에는 「백록담」으로 대표되는 전통적인 '산수시山水詩'의 성격을 드러내기도 했다. 일제 말기를 침묵으로 보낸 그는 해방 후에 이화여자대학교 교수, 『경향신문』 주간을 역임하는 등 문인으로서 이력을 이어갔다. 그러나 한국전쟁 중 정치보위부에 자수 형식으로 출두했다가 이후 행방불명되고 말았다. 북한 측 기록에 의하면 1950년 9월 25일 사망했다고 한다. _148쪽 「정지용시집」, 208쪽 「백록담」

조명희(趙明熙 1894~1938)

조명희는 어린 시절부터 문학에 꿈을 품었고 일본에서 유학하면서 사회주의 사상을 접했다. 유학 중에는 김우진과 함께 극예술협회를 창립해 주로 희곡을 창작했는데, 귀국 후에는 카프에 적극적으로 참여하면서 소설 창작에 주력했다. 프롤레타리아문학 운동의 기념비적 작품으로 평가되는 소설 「낙동강」을 발표했던 것도 바로 이때이다. 조명희의 문학 활동은 1928년 일제의 박해를 피해 러시아(당시 소련)로 망명하면서 전환점을 맞이했다. 직접 소비에트 사회에 정착한 그는 연해주 등지의 신문, 잡지에 작품들을 발표하면서 당시에 일어났던 사회주의리얼리즘 문학 운동의 선봉에 섰다. 그러나 간첩죄로 수감되어 총살형을 받았으며 스탈린 사후에 복권이 되었다. 러시아 한인 사회에서 조명희는 '고려 문학의 아버지'로 불린다. _102쪽 「낙동강」

조선문학가동맹(朝鮮文學家同盟 1945)

해방 직후 진보적 문인단체인 '조선문학건설본부'와 '조선프롤레타리아 문학동맹'이 1945년 12월 13일 통합하면서 만들어진 문인 단체로 1946년 2월 8~9일, 전조선문학자대회 개최를 계기로 공식 출범했다. 기관지 『문학』을 1948년까지 발간했다. 흔히 좌파 문인만 이 단체에 참여한 것으로 알려져 있는데 일제강점기에 활동하던 대다수의 문인이 참여했다고 해도 과언이 아니다. 해방 직후의 정치적 상황이 진보 진영에 우호적이었기 때문이다. 민주주의 민족문학과 진보적 리얼리즘을 기치로 내걸고 문학 운동을 했으나 분단되는 과정에서 많은 문인들의 월북과 탄압 등으로 활동을 이어가지 못했다. _256쪽 「건설기의 조선문학」

조중환(趙重桓 1884~1947)

조중환은 1910년대에 신문기자로 활동하면서 연재소설로 큰 성공을 거둔 전문 번안 작가이다. 경성학당과 니혼 대학을 졸업했고 일본의 인기작을 한국식으로 번안한 『쌍옥루』, 『장한몽』, 『국의향』, 『단장록』, 『비봉담』, 『속편 장한몽』을 잇달아 연재해 번안소설의 전성기를 이끌었다. 조중환이 번역하거나 번안한 소설은 모두 연극으로 공연되거나 영화화되어 절찬을 받았으며 번안한 희곡인 「병자삼인病者三人」을 발표해 초창기 근대극의 개척자로서 큰 공적을 남겼다. 한편 극단 문수성을 조직해 초창기 신파극 배우 겸 전문 각색자로 활약했으며, 1920년대에는 계림영화협회를 창립해 영화 제작에도 뛰어들었다. _42쪽 「장한몽」

조지훈(趙芝薰 1920~1968)

본명은 조동탁趙東卓이며 박목월, 박두진과 마찬가지로 정지용의 추천을 받아 문예지 『문장』에 시를 발표하며 등단했다. 그는 「승무」처럼 민족 문화를 제재로 한 시들과 「낙화」처럼 자연 현상을 관조하며 얻은 시로 명성을 얻었다. 초기 시는 관능을 탐구하는 탐미주의적인 경향을 보이고 있어 그의 시 세계를 더욱 풍부하게 해준다. 해방 후 조지훈은 박목월, 박두진과 함께 시집 『청록집』을 발간했다. 이 시집은 자연을 제재로 한 시들로 구성되었는데 당시 큰 호응을 얻었다. 해방기와 한국전쟁, 군부독재 시대를 거치며 고려대학교에 재직하면서 주체적인 생명 감성과 불의에 굴복하지 않는 의지를 중시하는 시를 창작했으나 50세도 안 된 나이에 세상을 등지고 말았다. _250쪽 「청록집」

주요한(朱耀翰 1900~1979)

주요한은 산문시 「불놀이」를 발표함으로써 한국 근대 자유시를 개척한 시인으로 평가받는다. 초기에는 정형률에서 벗어난 자유시를 많이 발표했으나, 이후에는 민족적 성격이 강한 시조, 민요시 등도 창작했다. 시인이었을 뿐만 아니라 언론인, 정치인, 경제인으로서도 이름을 알렸으며 「사랑 손님과 어머니」의 작가 주요섭朱耀燮의 형이다. 주요한은 일본 유학 시절부터 시가에 애착을 가졌다. 일본 시단에 먼저 데뷔해 시인으로서 상당한 인정을 얻었지만, 민족적 정체성에 눈뜨면서 조선어 시를 활발히 창작했다. 그는 상해로 망명해 이광수와 함께 임시정부의 기관지인 『독립신문』을 제작했을 정도로 민족의식이 강했다. 이후 그가 민요시와 시조 창작에 몰두했던 것도 이러한 민족의식에서 비롯된 연장선상의 활동으로 이해할 수 있다. 그러나 일제 말기에는 친일 시를 발표하는 등 친일 행위를 했다. 해방 후에는 회사 경영과 정치 활동에 역점을 두었으며 상공부 장관을 역임했다. _54쪽 「아름다운 새벽」

채만식(蔡萬植 1902~1950)

채만식은 지주 집안에서 태어났으나 가세가 기울면서 학업을 중단하고 여러 신문사와 잡지사를 전전하며 생활했다. 채만식은 이광수의 추천을 받고 등단했는데, 초기에는 당시 유행했던 사회주의 사상의 영향을 받아 주로 가난과 계급 갈등에 초점을 맞춘 소설을 썼다. 그러나 그의 재능은 그 이후에 쓴 『태평천하』나 「치숙」처럼 시대의 현실을 냉정하게 관찰하고 쓴 풍자적 작품들에서 가장 빛났다. 특히 『태평천하』와 『탁류』는 당대 세태를 탁월하게 드러낸 작품으로 평가받는다. 채만식은 항상 시대의 소용돌이 속에 놓인 인간에게 주목했다. 해방 후에 그가 자신의 친일 행위를 스스로 비판한 「민족의 죄인」이라는 자전적 소설을 발표했던 것도 같은 맥락으로 이해할 수 있다. 한국전쟁이 발발하기 직전 생을 마감했다. _116쪽 『삼인장편전집』, 242쪽 『해방문학선집』

최남선(崔南善 1890~1957)

최남선은 조선 사회에 계몽사상을 보급하고 조선 문화의 우수성을 알리기 위해 힘썼던 문인이다. 그는 서구 문학 작품과 근대적 지식을 번역해 조선에 소개하는 한편, 단군 사상이나 시조와 같이 민족적 정체성을 형성하는 '조선적인 것'을 지키기 위해 노력했다. 와세다 대학 재학 시절

이광수, 홍명희 등과 깊은 교분을 나누었으며 귀국 후에는 '신문관'을 설립해 정열적으로 출판 사업에 종사했고, 한국 최초의 계몽 잡지『소년』과『청춘』뿐만 아니라,『붉은 저고리』같은 어린이를 대상으로 한 잡지를 창간해 계몽사상과 지식 보급에 힘썼다. 또한 '광문회'를 설립해 고대사를 중심으로 조선 문화의 우수성을 입증하는 데 힘을 기울였다. 그러나 일제 말기에 학생들에게 태평양전쟁 참여를 독려하고, 만주국 건국대학의 교수로 취임하는 등 친일 행적을 남겼다. _34쪽『경부철도노래』, 32쪽『현대조선시인선집』

최명익(崔明翊 1903~1972)

최명익은 평양고보를 나와 일본에서 유학했다. 유항림, 김이석 등과 함께 1937년『단층』이라는 동인지 활동을 하면서 심리주의 소설을 쓴 모더니스트 계열의 소설가이다. 이상, 박태원 등과 더불어 한국 모더니즘을 대표하는 소설가라는 평을 받는다.『단층』은 평양을 근거지로 둔 동인지로 모더니즘적 색채가 강한 동인지였다.『장삼이사』는 해방 직후에 발간되었으나 그때까지 발표한 최명익의 작품을 모은 소설집이다. 최명익은 해방 이후 북에 그대로 남아 사회주의 체제를 옹호하는 여러 활동을 하다 1972년 숙청되었다고 전해진다. _132쪽『장삼이사』

최서해(崔曙海 1901~1932)

본명은 최학송崔鶴松으로 자신의 소설만큼이나 극적인 삶을 살았던 작가이다. 18세가 되던 해 간도에 가서 목도꾼(무거운 짐을 옮기는 일꾼), 부두 노동자, 머슴, 음식점 심부름꾼 등 육체노동을 이어가며 유랑 생활을 하기도 했다. 지독한 가난과 아편 중독 등 하층 계급의 삶을 직접 체험했기에 그때까지 아무도 쓸 수 없었던 현실을 경험에 근거하여 그려 낸 소설을 쓸 수 있었고, 그로 인해 신경향파 시대를 연 문단의 총아가 되었다. 민중의 빈궁한 삶과 그로 인한 폭력을 주된 소재로 삼은 그의 소설은 매우 충격적이었지만, 동시에 개인의 체험에서 벗어나지 못했다는 평가도 받았다. 최서해는 일관되게 가난과 궁핍을 그렸고, 그의 삶도 언제나 가난했다.『중외일보』와『매일신보』에서 일했으며 32세라는 젊은 나이에 지병이었던 위문협착증이 악화되어 별세했다. _78쪽『혈흔』

최재서(崔載瑞 1908~1964)

일제 말기를 대표하는 평론가 중 한 사람이다. 경성제국대학에서 영문학을 전공했으며, 1933년 대학원을 졸업하면서 조선인으로서는 최초로 모교 강사가 되었다. 1931년부터 본격적인 평론 활동을 펼쳤으며 흄, 엘리어트, 리드 등의 주지주의 문학 이론을 집중적으로 소개했다. 1934년에 발표한 평론 「현대 주지주의 문학 이론의 건설」은 이를 대표하는 글이다. 또한 당시 조선인 작가와 작품에 대한 평론에도 정력적이었다. 이상의 「날개」와 박태원의 「천변 풍경」을 분석한 「리얼리즘의 확대와 심화」(1936)는 당시 조선인 작가와 작품을 다룬 대표적인 평론이다. 『문학과 지성』은 한국의 근대문학 평론이 다다른 정점을 보여 주는 평론집이다. 그러나 최재서는 1940년을 전후하여 본격적인 친일 문인의 길을 걸었다. 일제 말 일본어 문학지 『국민문학』의 창간과 편집을 책임졌으며, 친일 어용문학 단체인 조선문인보국회의 이사로도 활동했다. 일본어로 출간된 『전환기의 조선문학』이라는 평론집에는 일제 말기 그의 모습이 그대로 드러나 있다. 최재서는 해방 후 반민족 행위 특별 조사 위원회의 조사 후 구속되지만, 공소시효 종료로 불기소 처분을 받았다. 이후 연세대학교 교수와 동국대학교 대학원장, 한양대학교 교수로 재직하면서 현실 문단과는 거리를 둔 채 영문학자로서 연구에 몰두했다.

_220쪽 「문학과 지성」, 232쪽 「전환기의 조선문학」

한설야(韓雪野 1900~1976)

정치와 예술의 일치를 꿈꾸었던 문인으로 본명은 한병도韓秉道이다. 그가 문학 활동을 본격적으로 시작한 것은 카프에 가입하면서부터이다. 당시 카프에서는 지나치게 관념적이거나 지나치게 체험 위주의 미학적 완성도가 떨어지는 작품들이 발표되고 있었다. 한설야는 이 두 가지 경향을 극복하여 사회주의 이념을 현실 속에서 적절하게 구현한 소설을 썼다고 평가받는다. 그 대표작이 바로 「과도기」이다. 카프 해산 이후에는 사회주의 이념을 드러내고 표방할 수 없었지만, 대신 정치적 신념을 고수하기 위해 다양한 소설 기법들을 사용했다. 『황혼』, 『청춘기』, 『탑』 같은 한설야의 가장 완숙한 작품들은 이 시기에 나온 작품들이다. 한설야는 해방 후에 월북해 북한 문학계에서 주도적인 역할을 했으나 1960년대에 숙청당한 것으로 알려졌다. _106쪽 「카프작가칠인집」, 114쪽 「황혼」, 178쪽 「탑」

한용운(韓龍雲 1879~1944)

한용운은 승려이자 시인, 소설가이며 시집 『님의 침묵』을 통해 철학적이면서도 감각적인 시 세계를 펼쳐 보인 것으로 유명하다. 문학, 역사, 철학을 섭렵하는 전통적 한학 교육을 받고 자라 160여 수에 달하는 한시도 남겼다. 한용운은 불교 개혁에 진력하는 한편 불교계의 민족 대표로 독립선언에 참여했다. 최남선이 쓴 「독립선언서」의 자구를 수정하고 공약 3장을 추가했다. 이로 인해 투옥된 그는 전향서를 제출하면 사면해 주겠다는 일제의 회유를 끝까지 거부하고 형기를 마쳤다. 환속한 후에는 계몽성이 짙은 장편소설을 집필해 신문에 연재하기도 했다. 해방을 1년 앞두고 영양실조로 눈을 감았다. _94쪽 『님의 침묵』

허준(許俊 1910~?)

1930년대 후반에 활동한 시인이자 소설가다. 등단 후 월북하기까지 남긴 작품이 시 10여 편, 소설 10편으로 많은 편은 아니지만, 모더니즘이라는 새로운 형식을 실험했던 작가로서 이름을 얻었다. 당시 젊은이들에게 문학은 식민지의 현실을 극복하는 하나의 돌파구이기도 했는데, 허준 역시 일찍이 문학에 뜻을 두고 일본으로 건너가 문학 수업을 했다. 유학 후 돌아와 등단한 허준은 초기에는 시를, 후기에는 소설을 많이 썼다. 일제 말기에는 조선어 글쓰기를 금지하는 등 점점 억압이 강해지는 현실을 피해 만주로 떠났는데, 해방 후에 곧바로 귀환해 좌익 문인 단체에 적극적으로 참가했다. 이때 그가 발표한 대표작이 해방된 조국으로 귀환하는 길을 그린 「잔등殘燈」이다. 이 작품에는 해방기를 맞는 모더니스트의 표정이 잘 드러나 있다. 1948년 월북했는데, 그 후의 행적은 거의 알려진 바가 없다. _240쪽 『잔등』

현진건(玄鎭健 1900~1943)

현진건은 많은 사람들이 교과서에서 읽었던 「운수 좋은 날」을 쓴 소설가이다. 문학 활동 초기에는 완성도 높은 단편소설을 많이 써 한국 근대소설의 미학을 잘 보여 주었다. 현진건은 10여 년에 걸쳐 『조선일보』, 『시대일보』, 『동아일보』에서 기자 생활을 했고, 손기정 선수의 일장기 말소 사건으로 감옥에 갇히기도 했다. 그가 평생에 걸쳐 손을 놓지 않았던 것은 20세 무렵부터 시작한 소설 쓰기였다. 그의 작품 세계는 흔히 「빈처」, 「술 권하는 사회」, 「운수 좋은 날」과 같은 단편소설로 대표된다. 식민지 조선에서 살아가는 사람들의 일상과 삶의 모습을 섬세하게 관찰해 그려 낸 그의 단편들은 사실주의의 미학을 잘 보여 준다. 안타깝게도 44세의 젊은 나이로 지병인 폐결핵과 장결핵으로 생을 마감했다. _66쪽 「현진건 단편선」, 70쪽 「조선의 얼굴」

홍명희(洪命熹 1888~1968)

홍명희는 19세기 말에 태어나 일본에서 유학하며 근대문학에 눈을 떴으며 동시대 조선 지식인들 중 최고의 독서가로 꼽힐 정도로 책을 많이 읽었다고 한다. 유학 시절 이광수, 최남선과 만나 우정을 쌓으며 조선의 '신문학' 건설에 대한 구상을 함께했다. 한일병합조약 때 부친 홍범식이 항의의 뜻으로 자결하자 홍명희는 중국과 싱가포르 등지에서 독립운동에 투신하기도 했다.『동아일보』등 신문사에 재직하며 칼럼, 평론, 논문 등 다양한 형식의 글을 썼는데, 홍명희에게 명성을 안겨 준 작품은 독립운동으로 인한 투옥, 신병 등의 이유로 몇 차례 중단을 겪으면서도 10여 년간 연재한 대하 역사소설 『임꺽정』이다. 이 소설은 민중의 삶과 투쟁에 중점을 두어 조선 후기의 풍속, 언어 등을 사실적으로 재현했고, 수많은 등장인물들을 개성 있게 형상화해 문단과 대중의 호응을 동시에 얻었다. 해방 후에는 남한 단독 정부 수립을 반대하고 남북연석회의를 추진하는 등 정치 활동에 주력했다. 이후 북한 정부에서 고위직을 두루 역임했다. _184쪽 「임꺽정」

홍사용(洪思容 1900~1947)

홍사용은 낭만주의와 민족주의적 정서를 시 창작으로 표출했던 1920년대의 대표 시인이다. 휘문의숙 재학 시절 친구인 박종화와 함께 문예지 『문우文友』를 창간하면서 본격적으로 문단 활동에 뛰어들었다. 1920년대 낭만주의의 요람이었던 문예지 『백조』를 기획했던 사람도 홍사용이었다. 초기에는 풍부한 감정의 표출, 비애의 정서 등을 특징으로 하는 낭만주의적 시를 많이 썼지만, 후에는 민요의 율조 안에서 민족의식을 노래한 민요시를 창작해 시 세계의 전환을 보여 주었다. "눈물의 왕", "벌거숭이 어린 왕"이라는 자신의 시구처럼 홍사용도 뜻은 컸으나 현실에서 이를 이루지는 못했다. 생전에 단 한 권의 작품집도 내지 않았고, 문예지 간행과 극단 운영에 재산을 쏟았다. _86쪽 「조선시인선집」

황석우(黃錫禹 1895~1960)

서울에서 태어나 일본 와세다 대학에서 공부했다. 문예 동인지『폐허』
의 창간 동인으로 참여했다. 일본에서 배운 서구 문예사조에 영향을 받
아 주로 시를 썼다. 오늘날의 시각에서 보면 상징주의나 퇴폐주의 등을
어설프게 모방한 시들로 보인다. 한국어를 잘 구사하기보다는 번역투의
생경한 어휘가 자주 시어로 등장한다. 황석우의 유일한 시집인『자연송』
은 이러한 초기 시의 모습을 보여 주는 좋은 사례이다. _56쪽「자연송」

황순원(黃順元 1915~2000)

평남 출생으로 정주 오산학교를 거쳐 숭실학교를 졸업하고 일본의 와세
다 대학 영문과를 졸업했다. 동요와 시를 쓰면서 창작 활동을 시작했는
데,『삼사문학』,『단층』의 동인 활동을 계기로 본격적으로 소설을 쓰게
되었다. 황순원은 어느 한 가지로 정리되기 어려울 정도로 오랜 기간 방
대한 양의 작품을 남겼다. 그의 소설은 대체로 시대의 문제에 눈을 감지
않으면서도 내면적 순수성을 지켜갔으며, 이러한 특성은 소설의 문장으
로도 잘 드러나고 있다는 평을 받는다. 첫 단편집『늪』이 1940년에 간
행되었으며, 황순원의 빛나는 문학적 성과로 평가받는 작품은 해방 직
후 간행된『목넘이 마을의 개』로 알려져 있다. 해방 이후 서울중고등학
교, 경희대학교에서 후학을 양성하면서 꾸준히 작품 활동을 이어간 순
정한 문학인으로 기록되고 있다. _244쪽「목넘이 마을의 개」

이 책에 나오는 주요 간행물

『개벽 開闢』

천도교에서 1920년 6월 창간, 발행한 월간 종합잡지. 일제강점기에 폐간
과 속간을 반복하다 1949년 3월호를 끝으로 더 이상 발행되지 못했다.
항일적 내용으로 발매 금지와 압수, 정간 등 많은 탄압을 받았으며, 종
합지임에도 불구하고 전체 지면의 3분의 1을 문학에 내주었다. 창간 초
기에 계급주의 문학 이론 및 신경향파 소설의 소개에 힘썼다.

『대한매일신보 大韓每日申報』

1904년 7월 18일 창간되어 한일병합조약 직후인 1910년 8월 28일까지
발행된 민간 신문. 국한문판과 국문판, 영문판 등 세 종류의 신문을 발
행했다. 정부의 부정부패와 일제의 침략을 신랄하게 비판하여 구한말
대표적 항일 언론으로 이름이 높았다. 신채호가 주필로 활약했으며, 자
주적 독립국가 건설을 주제로 한 역사 전기소설을 많이 실었다.

『독립신문 獨立新聞』

1896년 4월 7일 창간된 최초의 민간 신문. 민족주의 및 민주주의와 자
주적 근대화 사상을 강조함으로써 당시 국민들을 계몽하는 것을 주된
목적으로 삼았다. 국문판 외에 영문판도 발행했는데, 1899년 12월 4일
통권 278호로 종간되었다.

『동아일보 東亞日報』

1920년 4월 1일에 창간된 민간 신문. 1940년 8월 강제 폐간되었다가 해
방 후 복간되었다.

『매일신보 每日新報』

일제가 『대한매일신보』를 인수한 후 이름을 바꾸어 발행한 조선총독부
의 기관지. 일제 강점 36년 동안 하루도 빠짐없이 발행한 유일한 신문이
다. 특히 1910년대에는 유일한 신문으로서, 이해조의 신소설과 조중환,
이상협의 번안소설, 이광수의 『무정』 등 장편소설 게재가 가능했던 유
일한 매체였다.

『백조白潮』

1922년 1월 창간된 순수 문예 동인지. 자금난으로 1923년 9월에 발행된 제3호가 종간호가 되었다. 박종화, 홍사용, 박영희, 나도향 등이 주요 동인이다. 소설보다는 시가 활발히 발표되었는데, 주로 현실 도피와 죽음에 대한 찬미, 비탄, 애수 등 퇴폐적인 경향을 보인다. 그러나 3호부터 김기진 등이 새로운 경향의 논설을 발표하여 카프 결성의 도화선이 되었다.

『신천지新天地』

1946년 1월 조선총독부의 기관지였던 『매일신보』가 『서울신문』으로 바뀌면서 서울신문사에서 『매일신보』의 허물을 씻기 위해 이 잡지를 발간했다. 면수도 평균 200면으로 많은 편이었고, 많은 잡지가 창간됐다가 폐간되는 와중에, 『신천지』만은 꾸준히 발간되어 한국 문화계에 영향을 미치며 지식층의 호응을 받았다. 시사적인 감각과 국제적인 감각이 고루 반영된 균형 있는 편집이라는 평을 받았다.

『소년少年』

1908년 11월 육당 최남선이 창간하여 1911년 5월 통권 23호로 종간한 월간 계몽 잡지. 우리나라 최초의 잡지이다. 최초의 신체시인 최남선의 「해에게서 소년에게」가 창간호에 실렸다.

『제국신문帝國新聞』

1898년 8월 10일 창간되어 1910년 8월 2일까지 발행된 민간 신문. 순한글로 된 이 신문은 부녀자와 일반 민중을 주 독자로 했다. 우리 근대 문학 초창기 작가인 이인직과 이해조가 이 신문의 기자로 있으면서 많은 소설을 게재했다.

『조광朝光』

조선일보사에서 1935년 11월 1일 창간한 월간 종합잡지. 1940년 8월 『조선일보』가 폐간당하자 '조광사'로 독립해 발행했으며, 일제의 강요로 노골적인 친일 경향의 글을 싣기도 했다. 1944년 8월 통권 110호로 폐간되었다가 1946년 3월 속간, 1948년 12월 통권 3호로 폐간되었다. 권환의 평론 「농민문학의 제문제」, 김유정의 소설 「봄봄」, 「동백꽃」, 이상의 소설 「날개」 등을 실었다.

『조선일보朝鮮日報』

1920년 3월 5일 일제강점기 최초로 창간된 민간 신문. 1940년 8월 강제 폐간되었다가 해방 후 복간되었다.

『조선지광朝鮮之光』

1922년 11월 창간되어 1932년 12월 통권 100호를 끝으로 폐간된 월간 종합잡지. 초대 편집인 겸 발행인은 장도빈이었으며, 집필진은 주로 프로 문학을 지향하는 문인들이 참가하여 카프의 준기관지적 성격을 띠었다. 민족사상을 고취시키고 일제에 저항하는 글과 급진적인 내용이 문제가 되어 압수, 삭제되는 경우가 잦았다. 임화의 시 「우리 오빠와 화로」, 「어머니」, 이기영의 「해후」, 조명희의 「낙동강」 등을 실었다.

『창조創造』

1919년 2월 창간된 최초의 문예 동인지. 1921년 5월까지 통권 9호가 발행되었다. 주요 동인은 김동인, 주요한, 전영택, 최승만, 이광수, 김명순 등이다. 이광수·최남선류의 계몽주의를 거부하고 예술로서의 문학을 강조했다.

『태서문예신보泰西文藝新報』

1918년 9월 창간된 타블로이드판 주간 문예지. 1919년 2월 통권 16호로 종간되었다. 김억과 황석우의 창작 시와 외국 시론詩論의 소개 등 근대 시문학사에서 중요한 역할을 했다.

『폐허廢墟』

1920년 7월 창간된 문예 동인지. 1921년 1월 제2호를 내고 더 이상 발행되지 못했다. 주요 동인은 염상섭, 이익상, 민태원(이상 소설), 김억, 남궁벽, 오상순, 황석우, 변영로(이상 시) 등이다.

『학지광學之光』

일본 유학생 모임인 '조선유학생학우회'의 기관지. 1914년 4월 창간하여 1930년 12월까지 통권 30호를 발행한 학술 잡지이다. 1910년대에 고등교육을 받은 청년들의 사상적 동향과 수준을 파악하는 데 중요하다.

이미지 제공

18쪽, 19쪽 『혈의 누』 : 화봉문고

22쪽, 23쪽 『자유종』 : 아단문고

49쪽 『생명의 과실』 : 아단문고(차례, 판권), 오영식(표지, 속표지)

64쪽, 65쪽 『목숨』 : 국립중앙도서관

72쪽, 73쪽 『감자』 표지, 본문 : 오영식.

78쪽, 79쪽 『혈흔』 : 국립중앙도서관

90쪽, 93쪽 『진달래꽃』(중앙서림 총판) : 윤길수

90쪽, 92쪽 『진달래꽃』(한성도서주식회사 총판) : 화봉문고

95쪽 『님의 침묵』 : 윤길수

106쪽, 107쪽 『카프작가칠인집』 : 국립중앙도서관

114쪽 『황혼』 표지 : 윤길수

137쪽 『동백꽃』 표지, 속표지, 판권 : 아단문고.

142쪽, 143쪽 『여수 시초』 : 엄동섭

151쪽 『정지용 시집』 정지용 시비, 윤동주 시비, 압천 : 김효주

157쪽 『이상 선집』 화실에 있는 이상, 경성고공 동기생 글씨 :
        『이상문학대사전』, 권영민 지음, 문학사상, 2017

173쪽 『맥』 충정아파트 : 주정영, 서대문 형무소 : 김영록

177쪽 『봄』 속표지 : 한국현대문학관

200쪽, 201쪽 『사슴』 : 화봉문고

202쪽, 203쪽 『산호림』 : 오영식

206쪽, 207쪽 『와사등』 : 국립중앙도서관

229쪽, 231쪽 『무서록』 이태준, 이태준 가족사진 : 김명렬

• 이 책에 실린 이미지 중 출처를 확인하지 못한 것에 대해서는
  연락 주시면 규정에 따라 처리하겠습니다.

기획 총괄 및 원고 작성	이현식(한국근대문학관)
기획 및 원고 작성	함태영(한국근대문학관)
진행 보조	김지원(한국근대문학관 아산프론티어유스 인턴),
	김효주(한국근대문학관), 홍은영(한국근대문학관)
원고 작성	이경림(충북대), 최서윤(연세대)
자료 조사	이가은(서울대)
자료 선정 자문	김종욱(서울대 교수), 김진희(이화여대 교수), 김현주(연세대 교수)

한눈에 보는 한국근대문학사

1판 1쇄 발행 2018년 12월 20일

글·사진 인천문화재단 한국근대문학관
발행처 (주)도서출판 북멘토 **펴낸이** 김태완
편집장 이미숙 **책임편집** 변은숙 **편집** 김정숙, 송예슬
디자인 안상준 **마케팅** 이용구, 민지원
출판등록 제6-800호(2006. 6. 13)
주소 03990 서울시 마포구 월드컵북로 6길 69(연남동 567-11) IK빌딩 3층
전화 02)332-4885 **팩스** 02)332-4875 **전자우편** bookmentorbooks@hanmail.net

ISBN 978-89-6319-288-8 03800